querida dolly

querida dolly

sobre el amor, la vida y la amistad

dolly alderton

Traducción de Anna Valor Blanquer

Planeta

Título original: *Dear Dolly. On Love, Life and Friendship*

Las siguientes cartas fueron publicadas originalmente en la revista *Sunday Times Style* y han sido reproducidas con el permiso de sus autores. Damos las gracias a Laura Atkinson, del *Sunday Times Style*, a los autores de las cartas, sin los cuales no habría sido posible hacer este libro, y a New Licensing, Alison Williams.

Av. Diagonal, 662-664, 08034 Barcelona
www.planetadelibros.com

Primera edición: febrero de 2023
Depósito legal: B. 1.063-2023
ISBN: 978-84-08-26796-6
Preimpresión: Realización Planeta
Impresión: Liberdúplex
Printed in Spain – Impreso en España

Certificado PEFC
Este libro procede de bosques gestionados de forma sostenible y fuentes controladas
PEFC
PEFC/14-38-00305
www.pefc.es

El papel utilizado para la impresión de este libro está calificado como **papel ecológico** y procede de bosques gestionados de manera **sostenible**.

Para India Masters, mi consejera sentimental

Índice

RELACIONES

FAMILIA

SEXO

RUPTURAS Y EX

Introducción

Estaba en mi peor momento cuando decidí que quería intentar resolver los problemas del resto del mundo. Tenía la cabeza hecha un lío y el corazón roto. Era uno de esos años en los que cada mes traía una nueva tristeza; un *annus horribilis,* me parece que lo llaman. Y, en un giro especialmente cruel del destino, mi mal año coincidió también con EL mal año: 2020. El más *horribilis* de todos los *annus.*

En aquel momento, me ofrecí a mi editora de la revista *Style* de *The Sunday Times* para tener un consultorio en la revista. Siendo veinteañera, había escrito una columna semanal sobre citas en *Style,* un hecho que a veces tira al suelo la puerta de mi subconsciente en mitad de la noche y hace que me despierte con sudores fríos. Sin embargo, sigue siendo una de las mejores oportunidades laborales que me han dado en la vida. Además, entre los veintiséis y los veintiocho años es la edad perfecta para que una persona cuente su vida sin pudor para entretener a los demás. Es el momento adecuado para el exhibicionismo, puesto que la falta de autoconciencia da para contar unas cuantas fechorías motivadas por el síndrome del protagonista, pero lo compensamos con la autoconciencia JUSTA para reírnos de ellas. Terminé la columna, escribí unas memorias sobre mi etapa de veinteañera y luego cerré la veda de divulgación de mi vida personal. Ya había compartido suficiente.

Aquello me dejó, durante un breve periodo, en una tierra de nadie periodística. Después de haber escrito unas memorias, la gente quería que siguiese metiéndome a mí misma en las historias hasta cuando mi presencia no podía ser más irrelevante. Había editores que me encargaban escribir sobre personas, lugares y cosas fingiendo que querían que fuese una observadora neutral y, al final, de forma invariable, terminaban pidiéndome que metiese a la fuerza referencias a mi vida personal en el texto. En aquel momento podría haber entrevistado a Barack Obama y me habría encontrado las siguientes notas del editor: «Podrías escribir sobre cómo se parece tu vida a la suya?? Hay similitudes entre tu vida amorosa y su mandato?? Te recuerda a algún exnovio??».

Y lo entendía, claro. Yo era la que había insistido en contarle a todo el mundo mi vida, al principio nadie me lo había pedido. Intenté escribir una columna en primera persona que apenas incluyese detalles íntimos sobre mi vida. Sin embargo, lo que hace interesante una columna en primera persona es la admisión de los defectos, los errores y los desastres de quien escribe, de modo que aquello era, cuando menos, un reto. Además, no estaba hecha para ser una columnista de opinión. Soy de piel muy fina, ideas muy volubles y valentía muy escasa. Así que, sin vida personal ni opiniones públicas, tenía muy poco material que no fueran reflexiones entusiastas sobre cosas que me gustaban. O textos evasivos en los que no llegaba a despotricar del todo de cosas que no me gustaban y en los que siempre amortiguaba mis palabras con aclaraciones llenas de inseguridad. Una amiga mía llamaba a ese tipo de columnas amables y poco memorables «periodismo de "le he cambiado las pilas al mando de la tele"». Y yo no quería dejar eso como legado.

Yo siempre había querido ser consejera sentimental. En la adolescencia, me compraba revistas para chicas e iba directa al consultorio. En mi casa se hablaba de sexo —imagino que mucho más que en casa de los *boomers* (las últimas víctimas de la crianza victoriana) a esa edad—, pero sin demasiadas concreciones. Me hablaban sobre las veleidades de «hacer bebés» y de «sensaciones de hormigueo» y de «cuando alguien te importa mucho». Con aquello no me bastaba. Necesitaba más. Los consultorios eran mi salvación. Mis ojos pervertidos iban de una página a otra buscando palabras clave: *virginidad, masturbación, flujo.* Asimilaba los consejos y los repartía como si fuesen míos, lo cual me convirtió en el Yoda sexual del patio. Exageraba en gran medida mi experiencia y aconsejaba a chicas de mi edad y mayores.

Una de las cosas de las que más me arrepiento es de que la infancia y la adolescencia me parecieran situaciones tan humillantes. Leyendo ahora los diarios de mi adolescencia, reconozco cuánto le mentía al papel por la vergüenza que me daba ser tan joven. Hablaba con cansancio del sexo, como si me aburriese, cuando ni siquiera me habían tocado. Anotaba el número de calorías ingeridas y cigarros fumados cada día, como una divorciada hastiada. Deseaba que mi vida pasara, ignorando poseer un bien más valioso que el oro: la juventud. No quise saber nada de mi vida en todo lo que duraron la infancia y la adolescencia. Creo que mi obsesión con tener un consultorio pudo nacer de ese deseo: quería ser una mujer experimentada que daba consejos, no una colegiala torpe leyéndolos tumbada en la cama.

Ya de adulta, siguió atrayéndome cierto tipo de consejera. Quería mujeres vestidas de cachemir negro que me dijesen, de manera categórica, cómo vivir mi vida. Qué recetas cocinar, con qué hombres salir, qué corte de pelo probar. Ese es uno de los motivos por los que Nora Ephron es mi escritora favorita y mi eterna gurú vital; los consejos que da en sus artículos y ensayos personales están repletos de especificidades llenas de convicción (no gastes demasiado en un bolso, no comas claras de huevo solas, ponle más mantequilla a la sartén y más aceite de baño a la bañera). No quiero vlogueras de moda sonrientes con los dientes muy blancos y la cara muy cincelada que empiecen un vídeo diciendo «Hola, chicas» antes de decirme que pruebe unos *brownies* de boniato que «si lo prefieres, puedes hacerlos no veganos». No quiero eso en absoluto. Lo que quiero es una señora imperiosa que me diga que espabile de una vez. Quiero que una mujer inteligente, graciosa y a la que se la suda todo me dé una lista de normas en apariencia arbitrarias para mejorar mi vida, para que la vida sea más eficiente, más fácil y, sobre todo, más placentera. Quiero que me diga que soy tonta si no sigo esas normas. Es algo que me cuesta recibir de los hombres, pero ponme a una mujer mayor y sabia con unos pendientes grandes y llamativos que me diga lo que ha aprendido y la seguiré hasta los confines de la Tierra. Si no me encuentras en una boda y no me ves al lado de la tabla de quesos ni en la barra libre, es muy probable que esté a los pies de una abuela o una tía abuela, nadando en perfume Shalimar y en historias de amores perdidos.

Tan solo hay un hombre al que le haya pedido consejo. Durante el *annus horribilis,* en una de mis muchas noches en vela, le escribí a Nick Cave. Tiene una *newsletter,* «The Red Hand Files», en la que los fans le escriben y él responde en su papel de consejero místico y poético. Ni siquiera durante mis años de ávida aficionada a los consultorios de las revistas le había escrito a un desconocido pidiéndole ayuda, pero ahí estaba yo, en algún momento entre la medianoche y el amanecer, en la cama, escribiendo a oscuras en el ordenador, pidiéndole a Nick Cave que me ayudase. No diré qué le pregunté, porque es demasiado humillante. Y no llegó a contestarme, pero eso daba igual. Lo que aprendí de compartir el dolor más privado con un solucionador de problemas semiprofesional fue que el simple acto de pedir ayuda era, por sí mismo, sanador. Era como si, bajo el manto de la oscuridad, hubiese bajado a hurtadillas a los muelles y hubiese lanzado un mensaje en una botella imaginando cómo lo recibirían. Al escribirlo, estaba reconociendo que podía importarle a alguien, que esa persona podía decirme lo que necesitaba sin conocerme. Porque estaba sintiendo algo que habían sentido otras personas y, por lo tanto, no era, como sospechaba, la mujer más sola y extraña del mundo.

Hace años prácticamente supliqué que me dejasen tener un consultorio en otra revista (cuyo nombre no voy a desvelar excepto para decir que fue *Vogue)*, pero me rechazaron. Y tengo claro que fue una buena decisión, porque ahora estoy comprobando que, si ya es duro recibir consejos de una treintañera, imagina recibirlos de una veinteañera. Sin embargo, a los treinta y uno conseguí convencer a mi maravillosa editora de *Style* de que ese sería el formato adecuado para mí: un lugar en el que podría hablar de forma íntima con el público sin tener que hablar necesariamente sobre mi vida íntima, en el que podría dar una opinión sobre las emociones de la gente en lugar de opinar sobre la situación del mundo. En la primera década de mi vida como escritora profesional, había escrito sobre todas mis cagadas, lo cual es una buena forma de entrenarse para un consultorio. No podía ni pretendía afirmar que era una sabia o una experta, ni siquiera una persona que había tomado las decisiones correctas. Solo sería una persona que había cometido errores y tenía interés por aprender, alguien que intentaba entender mejor la vida, igual que la persona que escribía al consultorio.

La primera remesa de cartas fue de un surrealismo inusitado. Había una mujer que se había acostado con un hombre «casi enseguida», después de la comida en que había consistido su primera cita; un dentista jubilado cuyos hijos estaban hartos de que les presentase a sus «últimos ligues»; una chica que se mudaba a París y estaba nerviosa por si quedaba en evidencia delante de los lugareños porque le gustaba cogerse «unas cogorzas de magnitud bíblica» y una mujer que tenía miedo de querer más a los perros que a los hombres. Tras un par de años escribiendo este consultorio semanal, sé que los mismos problemas aparecen una y otra vez cada semana («no me quiere», «no lo quiero o no la quiero», «ya no quiero mantener la amistad con cierta persona», «mi madre me irrita»). Es el motivo por el que, al parecer, Claire Rayner —puede que la consejera más querida del país— terminó categorizando los problemas y las respuestas para ser más eficiente (por ejemplo, esta carta presenta el problema 45 y necesita la respuesta

78). A mí me gusta escribir sobre estos problemas tan consistentes, hay algo tranquilizador en su frecuencia y en el hecho de que estemos todos unidos por un dolor horriblemente personal. A menudo esas son las consultas que más se comparten y comentan, pero no puedes responderlas una y otra vez sin repetirte y que los consejos que das con sinceridad parezcan, de pronto, trillados.

Lo que más anhelo son los problemas inusuales, llenos de detalles extraños que te llevan al centro de un laberinto moral y te hacen meditar de verdad cuál es el mejor plan de acción. Por eso, una de mis cartas favoritas fue la de una mujer que se había enamorado del hijo del que era novio de su madre desde hacía muchos años (a efectos prácticos, de su hermanastro). Después de compartir el mejor sexo de su vida con él, no sabía si lo que estaban haciendo estaba bien o mal, o si era legal siquiera (era legal, según me aseguraron los redactores de *The Sunday Times*). Nunca había oído un problema como ese, así que tuve que pensar mucho cuál era mi postura. La semana que estaba respondiendo a esa consulta, fui detrás de todos mis compañeros de trabajo y amigos para que me dieran su opinión y así tener en cuenta todas las posibles consecuencias. Esas son las consultas que más ilusión me hace recibir en la bandeja de entrada del correo. Aunque me atormenta la leyenda urbana de que una consejera con consultorio en un periódico de tirada nacional respondió una serie de problemas inusuales y fantásticamente detallados con franqueza y terminó descubriendo que eran cartas de broma que contaban tramas de películas famosas. Por ejemplo, «Tengo una librería de viejo en Notting Hill y me he enamorado de una clienta. El problema es que tiene un trabajo muy diferente al mío y vive en Estados Unidos. ¿Debería intentar tener algo con ella?». Siempre que recibo una historia que parece un poquito demasiado loca, compruebo en IMDb que no he sido víctima de una broma que, por otro lado, reconozco que es muy graciosa.

Muchos de los problemas que me mandaban el primer año del consultorio estaban marcados por el covid. No quería hacer referencia constante a la pandemia como motivo de nuestra tristeza, porque me parecía evidente y bastante triste, la verdad, pero sí creía que era importante reconocer sus efectos colaterales en aspectos inesperados de nuestra vida interior y exterior, sobre todo porque era algo muy nuevo para todo el mundo. Recibí muchas cartas de personas que habían dejado de hablarse con familiares por diferencias políticas, un tema imposible de evitar al hablar del covid. La gente me escribía describiendo su soledad, su tristeza por estar perdiéndose la vida, su miedo a no estar aprovechando al máximo la juventud y la soltería. Otra carta recurrente en aquel momento eran las confesiones de personas casadas desde hacía tiempo que estaban pensando en su primer amor. Aquello era inevitable y me tocaba de cerca, porque, durante las cuarentenas, me había convertido en archivera de mis propias relaciones.

Carente de conexión física, encontré consuelo en la virtual. Leí conversaciones de WhatsApp del 2017 con mis mejores amigas. Bajé por la galería hasta la primera foto del iPhone en 2010 y pasé las páginas de mi historia como si fuese una revista satinada de las que hay en la peluquería. Busqué en Google los nombres de antiguos novios y luego escribía «LinkedIn» o «Verkami» para ver si podía reconectar con quienes eran y quienes son sin tener que reconectar con ellos.

Igual que intentaba evitar echarle la culpa de todo al covid, también intenté evitar criticar demasiado internet. Soy incapaz de leer ni de ver mucho más sobre los males de internet. Somos muy conscientes de que demasiado internet puede hacernos daño. Sabemos bien que algunas personas no pueden usarlo de forma sana. Internet es como el alcohol, o conducir, o el sexo. Hay que enseñar los riesgos que tiene, cómo usarlo de forma segura, y me imagino que algún día su uso estará supervisado y restringido. Todavía no estamos en ese punto y, hasta que lleguemos ahí, no creo que sea útil empezar demasiadas frases diciendo: «En la era de las redes sociales...». Es de vagos atribuir todos los problemas a la existencia del mundo digital. Tampoco creo que nuestras preocupaciones se inventaran con internet. Internet solo nos ha dado un lugar en el que ponerlas y multiplicarlas. Y, en otros tiempos, mientras me lamentaba por el lado malo de internet, pasé por alto las formas en las que puede enriquecer nuestras vidas. Conozco personalmente a muchas parejas felices que se han conocido en *apps* para ligar o por redes sociales. Y, a medida que mis amigas y yo nos hacemos mayores y nos va resultando cada vez más difícil encontrar tiempo para las otras, reconozco que me sentiría mucho menos cerca de las personas a las que quiero si no fuera por los grupos de WhatsApp y las *stories* para «mejores amigos» de Instagram y los álbumes compartidos de fotos de ahijados y los calendarios compartidos para averiguar cuándo y cómo coño vamos a quedar.

Lo que me interesa ahora es cómo los problemas relacionados con internet son síntomas de problemas subyacentes. Eso es lo que siempre espero poder ayudar a diagnosticar a una persona. Un miedo recurrente en la bandeja de entrada de «Querida Dolly» es el de perderse las cosas. A menudo me escriben personas en la veintena que acaban de mudarse a Londres y se preocupan porque no se están divirtiendo lo suficiente o gente soltera que siente que no tiene suficientes citas. Aunque lo más común es que me escriban mujeres con pareja aterradas porque no se sienten del todo satisfechas, asustadas por si la opción que han elegido ha cerrado otras posibilidades mejores. Quieren que les diga si la estabilidad que han encontrado con su pareja es como se supone que tiene que ser una relación larga o si, en realidad, es solo estancamiento y falta de estímulos. Se podría alegar que esta compromisofobia colectiva se ha agravado con las redes sociales, la tiranía de la comparación constante y nuestra hiperconciencia de otras opciones posibles, pero creo que la explicación más convincente es que, sencillamente, el compromiso es más difícil ahora que vivimos mucho más; que el problema es más existencial que digital. A medida que nuestra esperanza de vida se acerca poco a poco a los noventa años, conocer a alguien siendo personas de mediana edad puede conllevar igualmente una relación de cincuenta años. De modo que es normal que la idea de un compromiso para toda una vida nos resulte más abrumadora que a nuestros abuelos, y más teniendo en cuenta que hace muy poco que las mujeres pueden explorar las mismas libertades sexuales y oportunidades laborales que los hombres. Este tira y afloja entre querer una existencia doméstica y arraigada y una vida de libertad nómada es un instinto muy humano, que se ha examinado sin parar en la psique de las historias de hombres y protagonistas masculinos atormentados. Ahora nos toca a nosotras lidiar con este dilema. Un dilema que nunca me canso de explorar.

Explorar es lo que siempre intento hacer cuando leo y respondo a las consultas. Muy pocas veces doy una respuesta clara. Cuando entrevisté al presentador Graham Norton y le pregunté por la época en la que tuvo un consultorio, me dijo que siempre sentía que su trabajo era imaginarse el punto de vista de la persona de la que se le quejaban. Si alguien escribe para hablar sobre la angustia que le provoca una amistad, su pareja, un familiar o un jefe, es fácil expresar empatía y decirle que tiene razón. Lo más difícil es aportar una visión compasiva desde todas las perspectivas. Esa, pienso yo, es la verdadera dificultad de tener que dar consejos: imaginarse cómo lo viven las personas que rodean a quien escribe. Brindar empatía a todas las partes. Yo me esfuerzo mucho por hacerlo cuando escribo mis respuestas: incluso cuando no me parece bien lo que hace la persona sobre la que me han escrito, intento imaginarme qué la habrá llevado a comportarse así.

Ha habido veces que me ha costado ofrecerle una perspectiva diferente a quien escribía, sobre todo a quienes parecen tener relaciones, amistades o dinámicas familiares coercitivas o peligrosas. En esos casos, la seguridad de la persona que escribe tiene prioridad sobre cualquier intento de respuesta con una perspectiva de trescientos sesenta grados. Una vez, recibí un correo de seguimiento de una de esas personas. Me dijo que, después de leer la respuesta a su consulta en la revista, dejó su relación. Fue un recordatorio de la seriedad con la que debo tomarme ese tipo de consultas, aunque las contesto pocas veces, porque soy muy consciente de que «la universidad de la calle» no me otorga la formación ni los conocimientos suficientes para ello.

El único tema con el que soy firmemente rotunda es el puritanismo de cualquier tipo. No soporto el puritanismo. Y veo demasiado últimamente. No me gusta nuestra fobia a los excesos ni nuestro fetiche por el control. No pienso permitir que alguien juzgue su dieta ni su ingesta de alcohol ni su promiscuidad, sobre todo si es evidente que ese juicio es algo que ha internalizado de los demás. Y, por lo general, no me gusta que la gente se queje del estilo de vida ni de los hábitos personales de los demás. También soy bastante intolerante con la adoración impuesta del trabajo. Cierto es que yo misma estoy bastante obsesionada con el trabajo, pero, cuanto mayor me hago, más cuenta me doy de que esa no es la mejor opción para muchas personas. Creo que no se debería juzgar a nadie por priorizar sus relaciones y su salud mental y su felicidad por encima del trabajo. Y no me gusta que la gente se queje porque sus amigos y conocidos no tienen tanta ambición como ellos. En pocas palabras, intento que la gente deje de relacionar la moralidad con ciertas cosas que no me parecen logros (como la delgadez, la riqueza, la virginidad o la abstinencia).

Mi falta de disposición a moralizar en todas y cada una de las consultas es algo que a cierto tipo de lector le disgusta sobremanera. Los comentaristas aficionados de *The Sunday Times,* los habituales, aparecen en la sección de comentarios todas las semanas y piden lo de siempre: un juicio. Quién tiene razón, quién se equivoca, quién se merece un escarmiento. Quieren un fallo judicial maniqueo sobre la ética de la persona y, si no lo emito yo, lo discuten entre ellos debajo de la consulta. Algo que me resulta bastante fascinante es la cantidad de respuestas que reciben siempre las consultas relacionadas con la fidelidad.

Cuando se publica una sobre infidelidades, las comparticiones y comentarios alcanzan cifras poco frecuentes. Poner los cuernos o que nos los pongan son experiencias tristes, pero habituales. En algún momento en la vida de casi todo el mundo, es probable que lo hagamos o que nos lo hagan. Y, aun así, según mis lectores, parece que este acontecimiento vital y su injusticia es el tema que más nos escandaliza. En ausencia de la religión organizada y sus sanciones sociales, tenemos las secciones de comentarios de los periódicos.

Hace mucho que me atormenta uno de estos comentaristas aficionados —un hombre cuyo nombre no mencionaré, porque eso es justo lo que quiere—, que mete baza cada domingo, a veces solo un minuto después de que se haya publicado la edición en línea, para anunciar que está pensando en cancelar su suscripción a *The Sunday Times* por mis artículos. Su problema con mis textos es anterior a la aparición del consultorio, de modo que su amenaza lleva cerniéndose sobre el periódico más de cinco años ya. Me encuentra aburridísima, esa es su queja principal. Lo aburro a más no poder. Algunas veces, escribe su versión del consejo que le daría a la persona que ha escrito. He terminado dándome cuenta de que ve la sección de comentarios de cada domingo como su propio consultorio en miniatura. Entiendo muy bien esa tendencia y es probable que yo hiciera lo mismo si fuese él, así que, cuando veo que otros comentaristas lo felicitan por la calidad de su comentario semanal, siento una extraña felicidad por él y una sensación de triunfo compartido.

A pesar del ocasional detractor ruidoso, siempre me ha gustado escribir para *The Sunday Times*. Es una posición muy privilegiada como escritora y como feminista de ideas progresistas. Tengo línea directa con la clase media de derechas inglesa. Todas las semanas, cuando me siento a escribir la respuesta del consultorio, me emociono con esa idea. Puedo colar mis mensajes en la última página de *Style* y estos, a su vez, se cuelan en ciertas casas de Hampshire. Puede que jueces y legisladores y miembros del Partido Conservador lean mis palabras mientras desayunan sus tostadas con mermelada. No me hace falta convencer a personas de izquierdas y de mi edad de que las mujeres no deberían sentir vergüenza por tener relaciones sexuales sin compromiso o de que una persona no tendría que esconder que su expareja es trans, pero siempre que elijo a qué consultas responder soy consciente de que tengo la oportunidad de normalizar temas en hogares en los que puede que sigan estigmatizados. Y normalizar siempre es más efectivo que aleccionar, sobre todo porque yo misma todavía tengo mucho que aprender. Nunca en la vida quiero dar lecciones a la gente, pero sí que quiero intentar ampliar mi empatía como consejera (y persona), y espero que quienes me lean quieran lo mismo.

La mayoría de las consultas que recibo son de mujeres heterosexuales que me escriben sobre hombres. Me gustaría tener una mayor variedad de temas de una mayor variedad de remitentes, pero solo puedo contestar a las personas que me escriben (aunque los detractores insistan en que los problemas se los inventa un equipo editorial; de verdad que no; si fuera así, os aseguro que serían mucho más variados). Algunas veces me escriben hombres y siempre me choca ver lo diferente que estructuran sus problemas. Las cartas de mujeres suelen seguir la plantilla de: «Este es el problema que tengo, estos son los motivos por los que pienso que es culpa mía, esta es la razón por la que en el fondo sé que no se trata de un problema y me siento tonta por escribirte, gracias por leer esto, el mero hecho de escribirlo ha hecho que me sienta mejor. ¿Soy mala persona?». Mientras que los remitentes hombres suelen sentirse mucho más cómodos echándole la culpa a la persona sobre la que me escriben y están seguros de que su problema es un problema de verdad y del que vale la pena hablar.

A veces es difícil no sentir pena. Si leyera todas las cartas que recibo una semana tras otra y las pusiera unas al lado de otras, observaría una historia global de ansiedad femenina, de no sentirnos lo bastante buenas. De preocuparnos por no ser el tipo de chica que debemos ser desde que nacemos hasta que morimos. Cada década de la vida de las mujeres está marcada por una nueva duda acerca de nosotras mismas. Empieza con las adolescentes que detestan su aspecto, continúa a los veintipocos con las mujeres preocupadas por no haber perdido todavía la virginidad, luego —a los veintitantos o a los veintimuchos— se preguntan por qué no han tenido nunca una relación y se culpan a sí mismas. Luego, las mujeres cumplen los treinta y yo nado en mensajes de puro terror ante la perspectiva de no tener hijos nunca. Luego tienen hijos y recibo cartas sobre ser madres o amigas malísimas porque no pueden conciliar el trabajo y la vida familiar. Luego sus hijos crecen y ellas se preocupan por si son compañeras y esposas malísimas. Luego están las cartas de pánico de mujeres de setenta años que me escriben sobre la disfunción eréctil de sus maridos y me preguntan si es responsabilidad suya mantener la chispa.

Cuando les contesto a todas esas mujeres, lo primero que intento hacer es quitarle la vergüenza a la pregunta. Creo que es útil recordarle a la persona que, sea lo que sea lo que esté viviendo, es probable que otras mujeres ya lo hayan vivido. Eso significa que pueden centrarse en resolver el problema en lugar de odiarse a sí mismas. Ahora entiendo el tópico de los consultorios de «es completamente normal y perfectamente sano». Nunca pensaba que sería de las que responden «es completamente normal y perfectamente sano» a las cosas, pero aquí estoy, siendo una señora pragmática que contesta «esto no es nada que no haya visto antes, chicas».

Cuando conviene —la mayoría de las veces—,

paso a explorar, a continuación, cómo está ligado el problema al sexismo de la sociedad. Si las mujeres me escriben para confesar que sienten vergüenza de su vida sexual presente o pasada, o para expresar odio por su aspecto físico, creo que es importante situar esos problemas en un contexto social más amplio para entender del todo dónde está el origen de estos sentimientos de inseguridad. Es algo de especial relevancia cuando recibo las cartas más habituales, que son las de mujeres aterradas por si no tienen hijos. Siento que este tema me atañe en lo personal, porque los años que he pasado escribiendo el consultorio han coincidido con la etapa de mi vida en la que el alarmismo por la fertilidad es ineludible. Quiero hacer todo lo que pueda para darles a las mujeres el consuelo que yo ando siempre buscando: que me recuerden que muchas de las «verdades» sobre fertilidad se basan en conocimientos científicos obsoletos y sin base científica, que hay más de una forma de formar una familia y, sobre todo, que nunca se sabe lo rápido que puede cambiar tu vida.

Estas consultas —en las que las mujeres expresan su miedo a no ser el tipo correcto de mujer— son las que me resultan más fáciles de contestar. Mis respuestas son un intento de curar mis propias heridas, así como las de las mujeres que me han escrito. Al crear esta selección, he repasado todos los consejos que he dejado por escrito y he visto que, aunque ya no soy una escritora de las que lo cuentan todo, mis emociones más complicadas y mis experiencias más sagradas se esconden a plena vista en estos textos. Puede que no fuese una coincidencia que, en el momento de mi vida en el que pensaba que no tenía las riendas de nada, decidiese aconsejar sobre cualquier tema a personas a las que no conocía. En casi todos los casos, las respuestas podrían empezar también con «Querida Dolly». Qué suerte tan grande tengo de que parte de mi trabajo consista en tener el tiempo y el espacio para procesar la vida así.

CITAS

Querida Dolly: ¡Ayuda! Mi altura espanta a los hombres

No dejan de rechazarme hombres que, a los pocos meses, empiezan a salir con una mujer bajita y delgada. No puedo evitar pensar que mi altura (un metro ochenta) es lo que los ahuyenta. Ya me han dicho algunas veces que soy demasiado alta para considerarme sexi y me ha marcado tanto que no me siento cómoda a la hora de quedar con alguien, sobre todo si hemos estado hablando por internet. ¡Ayuda!

Una de las cosas más raras de ser una mujer muy alta es la frecuente sensación desagradable a la que te enfrentas por tu altura en contraposición a lo a menudo que las mujeres te dicen que están celosas de lo alta que eres. «¡Qué suerte tienes!», te dicen adonde quiera que vayas las tías bajitas. Mujeres de proporciones perfectas, de estatura media, con caritas monas de princesa Disney que nunca han tenido que comprar en tiendas para altas ni saben lo que es que se te queden a medio poner unos pantis demasiado cortos te dicen que harían cualquier cosa por tener tu altura.

La mitología que existe alrededor de ser una mujer alta a veces me ha hecho sentir como si estuviera loca. Si todo el mundo quiere esta estatura, ¿por qué a mí no me gusta? Si ser alta es algo tan deseado, ¿por qué a mí me avergüenza tanto siempre? ¿Por qué me siento tan torpe, poco elegante, poco femenina y acomplejada? ¿Por qué no dejan de decirme que a los hombres les encantan las mujeres altas, pero los hombres me han dicho mil veces que no querían salir conmigo porque soy más alta que ellos?

Ha habido momentos de vindicación: noches en las que he salido con tacones altos con las amigas y han podido presenciar los comentarios implacables de desconocidos, mensajes ocasionales de «XD lo siento, demasiado alta, jeje salu2» en las *apps* para ligar. Siempre recordaré un capítulo de *First Dates* en el que salía un hombre que, en su vídeo de presentación, decía: «No so-por-to a las tías altas» y, entonces, una chica de mi altura se sentaba a su mesa con una sonrisa esperanzada en la cara. «Cuando has entrado y he visto que eras más alta que yo —le explicó en el humillante vídeo de después de la cita—, se me han ido todas las ganas. No es nada personal, pero, para mí, es como si fueras una hormiga. Una hormiga enorme.»

Así que no te voy a mentir. No voy a decirte que todo esto te lo estás imaginando. Tienes razón. Hay hombres que te descartarán por tu altura. Y es una mierda.

SIN EMBARGO, con los años he encontrado la serenidad total al aceptar esta realidad. Porque para quien es una mierda de verdad no es para nosotras, leyendas de largas piernas que lo ven todo en los conciertos. Es una mierda para ellos, porque si un hombre tiene algún problema con estar con una mujer más alta que él, no es que piense que ella es demasiado grande, es que piensa que él es demasiado pequeño. Le han hecho sentir que no puede ser un hombre de verdad, un buen amante o un protector benevolente para una mujer sin superarla en altura de forma considerable. Es una pena enorme. Esos hombres no deberían intimidarnos ni hacernos sentir rechazadas, sino que deberíamos intentar encontrar, aunque sea muy en el fondo, compasión hacia ellos.

Todo esto cobró sentido para mí cuando, a la edad de veintitrés años, me tumbé apoyada en el pecho del chico con el que salía y mis piernas se extendían kilómetros más allá del punto en el que las suyas terminaban y, en un susurro ebrio, me dijo: «Perdón por no ser más alto». De golpe, entendí todas sus pullas cargadas de mala leche sobre mi estatura y su insistencia en que siempre llevase zapatos planos.

Aquí va otra verdad absoluta, la promesa solemne que te hago: igual que hay hombres que ni locos saldrían contigo por tu altura, hay hombres a los que les parecerá una de las cosas más sexis de ti. Muchos. Disfrutarán de caminar por la calle rodeándote los hombros con el brazo, o la cintura, o el culo, o donde lleguen. Siempre querrán que lleves tacones (¡siempre!). Pensarán que eres Wonder Woman (otra chica de más de metro ochenta, por cierto). Te sentirás muy a gusto y te darás cuenta de que no tendrías que haber sentido nada que no fuera orgullo por tu altura. Un ex, cuando llevábamos meses saliendo, me enseñó un mensaje que le había mandado a su mejor amigo desde el baño en nuestra primera cita:

«Me he enamorado, es ENORME». Me hizo sentir muy feliz por mi yo más joven. Ojalá hubiera podido mandarle ese mensaje a través del tiempo a la chica que se odiaba a sí misma y que buscó en serio en Google «operación de reducción de altura».

Una última verdad dura de parte de alguien que ha estado en tu lugar: no hay nada que puedas hacer para cambiar esta característica impresionante, excepcional y bella de tu cuerpo. Este es el único vehículo que tienes para llegar hasta el final de tu vida. Por favor, por favor, no internalices esos comentarios y los tomes como verdades, porque no lo son. Encontrarás a alguien que no se sienta intimidado por tu estatura, alguien a quien le pongan la altura y el poder, un hombre que sea casi imposible de emascular. Y, créeme, esos tíos siempre son los más divertidos.

Querida Dolly: He estado en una cita doble con mi compañera de piso. ¡No he tenido ni la más remota oportunidad!

Acabo de volver de una cita doble con mi compañera de piso y ha sido divertido, pero siento que se ha colocado automáticamente en la posición de quedarse con el chico atractivo que nos gustaba a las dos. Ha dominado por completo la situación (los dos hicieron match *con ella en una* app*) y yo no he tenido ni la más remota oportunidad de pensar siquiera a qué chico prefería o ver con cuál tenía más* feeling. *¿Cuál es la forma más fácil de decir «No me gusta cómo me has tratado» sin parecer una quejica? Mi amiga es muy dominante y no se toma bien que le lleven la contraria.*

Vale, aquí había muchas papeletas de que las cosas no fueran bien y no quiero culpar a la víctima de una cita doble, pero creo que puede ser útil que nos cojamos de la mano y repasemos juntas lo que ha salido mal. He identificado tres zonas clave de peligro.

Las citas dobles como concepto

Deja que te cuente la peor cita de mi vida. Estamos en 2013. Un amigo propone que salgamos a cenar y que yo traiga a una chica para él y él a un chico para mí. Yo llevo a mi compañera de piso —una mujer divertida, guapa y atenta— sabiendo que se llevarán de maravilla. Y así es desde el momento en el que llegamos al bar. Yo me quedo colgada una hora hasta que un hombre en chándal y con un gorro de lana calado casi hasta los ojos entra con torpeza al bar, borracho de *whisky* porque «el Liverpool ha perdido». No se digna a mirarme a los ojos y mucho menos a hablar conmigo. Vamos al restaurante, donde la cita de mis amigos sigue siendo maravillosa. Mi chico gira la silla para no estar de cara a la mesa y se pasa la cena mandando mensajes por el móvil. Se va antes de que paguemos la cuenta. La noche termina en mi casa: mi compañera de piso y mi amigo se ríen y hablan. Ella saca la guitarra, él canta *Wicked Game* de Chris Isaak, ella le hace la segunda voz. Yo los miro de mal humor hasta que, por fin, me acuesto sola.

Ya es lo bastante difícil que dos personas tengan una buena cita. Lo es todavía más que dos parejas tengan citas geniales a la vez. Para una persona (como mínimo) la noche será decepcionante. Y, sí, en principio, si tu cita sale mal, está bien tener a una amiga allí para darte apoyo moral, pero no va a darte apoyo moral si está teniendo una cita genial. No se interesará por ti para nada.

Salir con alguien a quien le gustaba o todavía le gusta tu amiga

Una idea malísima. Solo hay un puñado de cosas necesarias para una buena cita: risas, flirteo, curiosidad mutua y que las dos personas den a entender que se atraen. Eso no iba a pasar si el motivo por el que esos hombres estaban allí era que ambos hicieron *match* con tu amiga en una *app* para ligar. Está claro que eso, se hable o no, es algo que va a cernerse sobre la noche. ¡No tenías ni la menor opción, amiga! No te pasa nada, no es que a todo el mundo le guste tu amiga y tú no le gustes a nadie. Es que esa cita estaba condenada al fracaso desde el principio.

Y, sí, en teoría ha sido generoso por parte de tu amiga pasarte a un hombre como si fuera un vestido que se compró y ha decidido que ya no quiere ponerse. Estoy segura de que hay personas que hacen estas cosas con buena intención, pero parece que se trata de alguien que disfrutaría de una situación en la que dos hombres se pelearan por su afecto. Si una mujer con toda su magnanimidad te ofrece a su ex o a un hombre al que ha rechazado como interés romántico, piénsalo muy bien.

Ir a una cita doble con una amiga cuya personalidad es gustar

Todos conocemos a una de esas mujeres. Y, en cierto modo, ellas no tienen la culpa. No sorprende que, después de haber sido condicionadas socialmente para buscar la aprobación masculina, algunas chicas la busquen a cada momento. Entendemos que es un síntoma de inseguridad más que de arrogancia, les mostramos compasión, pero no nos metemos con ellas en situaciones en las que sentimos que estaremos obligadas a competir por la atención de los hombres (es deprimente).

Si esto forma parte de un problema mayor por el que sientes que te menoscaba, vale la pena decir algo. Si ya sabes que es una persona defensiva, no empieces acusándola (haces esto, eres aquello). En lugar de eso, empieza con una introspección vulnerable que invite a la conversación (a veces, cuando estoy contigo, siento x-y-z y me gustaría hablarlo porque sé que tú no querrías que me sintiera así).

Pero si es algo que pasó solo en una cita doble, mi consejo es que no vuelvas a ir a una cita doble con ella nunca más. Tienes amigas diferentes para cosas diferentes. Puede que, por sus propias razones complejas que no son responsabilidad tuya, no sea una buena aliada para otras chicas solteras. Encuentra a otra compañera de ligues.

En resumen, las citas dobles son como pasar una

semana en Ibiza para salir de fiesta o hacer una *fondue* en casa: lo haces una vez para poder decir que lo has hecho. ¡Enhorabuena! Ahora ya no tienes que hacerlo nunca más.

Querida Dolly: Soy adicta al amor no correspondido y eso me aleja de salir con alguien de verdad. ¿Podré tener una relación sana algún día?

Creo que soy adicta al amor. Desde los once años (ahora tengo diecinueve), me he enamorado de forma continua y sucesiva de mujeres mayores. Son mujeres con las que sé que nunca podré estar, sobre todo maestras y profesoras. Estos enamoramientos son increíblemente obsesivos. No llegan a ser acoso, pero se acercan. La verdad es que siento que estoy loca, buscando como una obsesa el subidón del amor no correspondido con mujeres inalcanzables. Y esas fantasías me alejan de salir con alguien de verdad. Me da miedo no poder tener una relación sana y estable, y estar así de loca para siempre.

Quiero que a mis consejos los preceda un dato clarísimo: algunas de las relaciones más importantes antes de los veinte años tienen lugar en nuestras cabezas. Con esa persona desconocida del bus con la que estamos casados hasta que se baja en su parada, el o la profe que protagoniza todas nuestras fantasías masturbatorias o ese familiar que vemos una vez cada varios años en el cumpleaños de un bisabuelo y por el que luego buscamos con fervor en Google si salir con un primo tercero (bueno, en realidad es tío lejano, pero tiene nuestra edad) es legal en nuestro país. Esos son nuestros intereses románticos durante la adolescencia y cuando eches la vista atrás dentro de unos años, por raro que parezca, tendrán casi el mismo peso en tus recuerdos que si hubieran sido reales. La obsesión y la imaginación servidas en una copa con el hielo de la sexualidad incipiente son un cóctel potente. No estás loca. Me sorprendería más una persona de diecinueve años que no creyese que es adicta al amor.

Dicho esto, tu patrón de comportamiento es interesante y merece ser analizado. Al elegir obsesionarte de manera continuada por mujeres inalcanzables, te mantienes en un estado de soltería particular: uno en el que no puedes disfrutar de la libertad de ser joven y no tener ataduras, porque estás ocupada con la tortura del amor no correspondido.

Hay varias explicaciones simples para esto, claro. Puede que huyas del compromiso, lo cual es comprensible a los diecinueve años. Puede ser que te aburra tu vida cotidiana y crees vívidos paisajes de fantasía. Tal vez tienes unas expectativas altísimas para las relaciones, de modo que intentas que sean ficticias con alguien inalcanzable para cubrir tus necesidades de forma unilateral.

Ahondando un poco más, existe la posibilidad

de que te dé miedo una conexión real y mutua con alguien por miedo a la intimidad. ¿Qué significa eso exactamente? Aquí te dejo unas cuantas sesiones de terapia resumidas en una frase: la intimidad supone que te vean y te quieran por todo lo que eres, mientras tú ves y quieres a alguien por todo lo que es. Si te parece muy intenso, es porque lo es. Tienes que conocerte a ti misma antes de dejar que otra persona te conozca. Puede que todavía estés aclarándote con eso. Yo lo priorizaría a cualquier otra cosa en este momento.

Como estas fijaciones románticas pueden monopolizar tu tiempo y tu mente —lo cual está bien si a ti te va bien—, en lo que tienes que fijarte es en si empiezan a quitarte autoestima. No tienes que ser ningún «tipo de chica» especial para que te quieran: no te faltan requisitos, no te irá mejor con los enamoramientos no correspondidos. Entrégate a esas fantasías si te resulta placentero, pero intenta verlas con perspectiva. No dejes que la inseguridad y el cansancio se conviertan en tus espacios por defecto.

Creo que la razón más probable por la que creas vínculos con estas mujeres inalcanzables es que intentas evitar la realidad. Y no te faltan motivos. Acabas de entrar en la edad adulta y supongo que empiezas a darte cuenta de que la realidad es decepcionante. ¡Tienes toda la razón! Mientras seas consciente de que esas obsesiones no son indicativas de lo que es una relación amorosa, respetuosa y sostenible, no veo el problema en tus fantasías. (Eso sí, no te plantes en la puerta de casa de nadie. Llena tus libretas de pensamientos sobre ellas, llena el historial del navegador de búsquedas con su nombre y «edad», «casada», «desnuda», «ahorros», pero ya está.)

El hecho de que estés preocupándote por ello y pensando en cómo puede afectar a tus posibilidades de tener una relación estable significa que tienes un autoconocimiento que nos falta a muchas otras personas. Tu consulta deja claro que aceptas la responsabilidad de tus actos y emociones, lo cual significa que ya estás cuidando a tu yo futuro. Siempre pasa un tiempo entre que reconocemos un mal hábito y lo cambiamos. Así que, por ahora, y si te resulta divertido, déjate llevar durante ese tiempo. Disfruta la intensidad, el dramatismo y la locura de esas obsesiones mientras te quede energía. Créeme, un día te darás cuenta de que te has cansado.

Querida Dolly: ¿Cómo puedo dejar de ser una novia de acogida?

Soy una «novia de acogida». Soy la chica con la que está un chico antes de encontrar una novia seria que lo «adopte para siempre». ¿Cómo dejo de ser la que «tiene algo» con esos chicos y empiezo a tener relaciones de verdad? Hace poco, el chico con el que llevo saliendo los últimos seis meses me ha venido con la charla de «no quiero una relación, pero me encanta quedar contigo», ¡cuando es él el que se ha comportado como si fuera mi novio! Estoy hartísima de ser esa chica. Seguro que eso me hace parecer guay y despreocupada delante de sus amigos, pero la verdad es que es aburridísimo. Siento como si estuviese esperando a que ellos se decidiesen y, cuando se deciden, no es por mí.

Una chica confundida en Clapham

(Por favor, mantenme en el anonimato, sé que él está suscrito al Times.*)*

Antes de nada, deja que te asegure que este patrón es habitual para muchas mujeres que conozco entre los veinticinco y los treinta y cinco. Incuban a un hombre en una situación que es evidente que es una relación, pero no se le llama por su nombre y luego él les dice, tras varios meses con ellas, que no está preparado para el compromiso. Un año después, aparece el post de Instagram del mismísimo hombre en una playa de Dubái con una mujer al lado que muestra la mano a la cámara y un pie de foto que dice: «El matrimonio con esta chica me viene como anillo al dedo!!!!».

Mi teoría general sobre las relaciones es que la mayoría de los hombres quieren estar solteros, pero se les da fatal. Apoyo esta generalización con una ideología edípica incompatible con el número máximo de palabras que puede contener este artículo, de modo que, en resumen: muchos hombres piensan que están solteros cuando en realidad van saltando de una minirrelación de mentira a otra. Es como si hicieran un *parkour* emocional delirante, confundiendo a todas las plataformas en las que aterrizan mientras viven su patética aventurita. Entonces, un día, de pronto, se cansan y se quedan en el último tejado en el que han caído y punto. Este es el peor comportamiento que puedes tener cuando sales con alguien. Los mujeriegos en serie que dejan muy claro que no te ofrecen más que un mensaje a la semana —y, tal vez, una cepa de herpes— son, a mi parecer, caballerosos a su manera.

Ahí va un dato irritante sobre el amor que no es ni romántico, ni satisfactorio ni justo, pero puede ayudarte a racionalizar por qué te pasa esto una y otra vez: que dos personas sean compatibles influye poco en si esas personas serán pareja o no. Es absurdo, lo sé. Tendría que ser tan sencillo como «los dos estamos disponibles y nos gustamos mucho, así que vamos a intentarlo», pero no. Es mucho más complicado. No solo tienes que conocer a alguien que te guste de verdad y a quien le gustes de verdad, sino que también tenéis que estar ambos en un momento concreto de disponibilidad. Esa disposición la deciden nuestras cabezas, pero nos engañamos pensando que la dictan nuestro pasado y futuro personales y las leyes que rigen los momentos oportunos.

Todos los días hay miles de relaciones perfectamente buenas que no prosperan porque una parte ha decidido que no es el mejor momento para él o ella. Cuando la luz de libre de una persona, como la de un taxi, está apagada, no hay nada que puedas hacer para convencer a esa persona de que la encienda. Y tampoco deberías, es humillante para ti y una petición injusta para esa persona. Nadie está obligado a tener pareja cuando no quiere.

Creo que estás conociendo a hombres que no tienen la luz encendida, pero se comportan de una manera que te hace pensar que la tienen, porque quieren que subas para una carrera. Lo único que puedes hacer es ser clara al principio sobre querer una relación. No te preocupes por si es un peso demasiado grande con el que cargar a alguien: no lo es. Es una forma responsable de empezar a salir con alguien. Y espero que te ayude a detectar quién está disponible en las primeras etapas para que no malgastes tiempo y dolor en ellos.

Y aquí tienes otra explicación que puede que quieras explorar: ¿sales con hombres que están en los diez meses posteriores a una relación larga? Porque así compras todas las papeletas para ser una novia de acogida. Si conoces a alguien que acaba de pasar por una ruptura, yo me lo pensaría muy bien antes de invertir una cantidad de tiempo sustancial en esa persona. Es difícil, las personas que acaban de salir de relaciones dolorosas suelen ser irresistibles, porque están en una situación nueva, divertida y despreocupada: son los que a menudo piden chupitos en la primera cita, van a bares *pop-up* que han montado en aparcamientos y compran todos los juguetes a pilas para dos personas que hay en una *sex-shop*. Y aún lo complica más que muchas veces parece que se comprometen contigo. Como no están acostumbrados a estar solteros, todavía arrastran la intimidad que tenían con su pareja anterior.

No obstante, la mayoría de las personas conciben su primer encuentro después de una ruptura como si fueran unas vacaciones en las que pueden ser alguien que siempre dice que sí sin responsabilidades. No importa lo bien que os llevéis, verán vuestra relación como una experiencia finita. Siento decirlo, pero para esa persona siempre serás Lanzarote. Repasa los últimos hombres con los que has salido y piensa si hacía poco que estaban solteros. Podría ser la respuesta que estás buscando: es posible que, sin darte cuenta, hayas sido la playa de arena en la que se han tumbado entre el destino de su anterior relación y el de la siguiente.

Y, por último, tal vez te resulte útil saber que, en todos mis años de trabajo de campo, me he encontrado con el patrón constante de que Clapham es la zona en la que se congregan los peores hombres de Londres. Puede ser buena idea mudarse. O, si te gusta el parque del Common y el gran número de panaderías Gail's por kilómetro cuadrado, quédate por el verdor y el *pain aux raisins*, pero busca el amor en otro lado.

Querida Dolly: Me enamoro de todos los hombres que conozco, ¿cómo paro?

Me enamoro de todo el mundo. Si un compañero de trabajo me trata bien se me rompe el corazón cuando sale con alguien. Voy a una fiesta y siento que la noche es un fracaso si nadie se me insinúa. Atiendo a un cliente que coquetea un poco y solo puedo pensar en si me pedirá el teléfono y luego me duele el pecho si no me lo pide. Me imagino situaciones con personas después de solo una conversación. Todas las canciones o películas me recuerdan a un ex o a alguien con quien salí una sola vez. ¿Cómo puedo dejar de sentir ese amor multiplicado por mil por todos los hombres?

¿Qué quieres primero, la buena noticia o la mala? Yo soy de las que ven el vaso medio derramándose, así que siempre opto por la buena noticia. Venga, te doy la buena.

La buena es que tienes una imaginación que no te cabe en el cerebro, como una dama de honor soltera en el vestido de una talla menos en el que se ha embutido. ¡Es un don! Sé que, ahora mismo, tus delirios compulsivos te parecen vergonzosos, pero creo que no sabes el superpoder que pueden llegar a ser. Tu cuerpo puede seguir en este mundo terrenal mientras tu mente se va a un lugar completamente distinto. Puedes estar en el Caribe mientras haces cola en la oficina de correos. Puedes estar enamorada al rozar la mano de un cajero especialmente atractivo. Puedes crear todo un universo paralelo con solo el poder de tu materia gris: escribir conversaciones y bordar detalles de la personalidad de alguien y construir relaciones entre desconocidos. ¡Eres una arquitecta de la fantasía! ¡Una maestra de los mundos imaginarios!

¿Qué vas a hacer con todas esas historias? Puedes dibujarlas o representarlas. Puedes apuntarlas en una recopilación de tus pensamientos privados o convertirlas en canción. Puedes, de forma bastante literal, ponerlas en un documento de Word o de Final Draft y reimaginar cómo habrían sido todos los encuentros de tu vida si hubieran ido de otra manera. Te lo recomiendo encarecidamente. Podrías pasártelo muy bien.

Y ahora la mala noticia: por más divertida que pueda ser la fantasía —y por más esencial que yo la considere para la cordura de muchos—, nunca debería volverse más importante que la realidad. Las escenas que tienes en la cabeza no deberían significar más que las de tu vida. Nunca deberías dejar toda tu autoestima y tu felicidad en manos de alguien a quien apenas conoces. El curso de tu día no tendría que escalar o desplomarse según si un desconocido te presta un poco de atención o no. Si es así, hay un problema.

Puede que solo estés algo aburrida. Puede que necesites un poco de vidilla. No tiene por qué ser nada drástico, pero parece que puede que necesites encontrar otras formas de sentirte estimulada. En mi caso, he descubierto que nada corta una larga fantasía sobre Timothée Chalamet como tener el horario hasta los topes. ¿Podrías volcarte en un proyecto creativo? ¿Hacer un cursillo? ¿Aprender una habilidad nueva? ¿Hacerte un perfil en una *app* para ligar? ¿Intentar conocer a gente nueva de forma activa? ¿Ahorrar y planear un viaje (para cuando nos dejen viajar)?

Y, si no estás aburrida, puede que sufras de baja autoestima. Si te enamoras de forma artificial de numerosas personas cada semana, también te estás exponiendo al mal de amores artificial. Uso la palabra *artificial* con cuidado, porque sé que el poder de tu mente hace que esas interacciones sean superintensas y que son muy reales, pero me preocupa que estés igual de enganchada al rechazo imaginario que al deseo imaginario. Si es así, ¿por qué? ¿Es posible que, igual que creas historias inventadas sobre los hombres, hayas creado una sobre ti misma? ¿Has decidido que eres alguien que nunca encontrará el amor? ¿Intentas encontrar pruebas anecdóticas para fortalecer esa teoría y poder seguir pensando que no mereces el amor?

Es probable que nunca dejes de ser una persona que se pierde en espejismos románticos. Está bien. Es bonito ser una soñadora, pero tienes que encontrar una forma de no torturarte a ti misma con esos amores fugaces ni usarlos como pruebas de que no mereces estar con alguien que te quiera. Cada vez que te obsesionas con esos chicos ficticios, te estás enamorando de tu propia imaginación. Y eso no es conexión ni amor. Solo tiene que ver contigo.

Es evidente que tienes mucho amor que dar y un día encontrarás a alguien que de verdad merezca recibirlo. Será real y podrás quererlo a rabiar. Conocerás el mapa de sus pecas. Siempre tendrás los cereales que más le gusten en el armario de la cocina. Las letras de todas las canciones de Lionel Richie por fin tendrán sentido. Y ese amor frenético, salido, obsesivo, bonito y dulce tendrá un lugar al que ir. Así que no te pases demasiado tiempo dentro de tu cabeza, porque puede que te lo pierdas.

Querida Dolly: Quiero más a los perros que a los hombres

Me preocupa ser incapaz de crear relaciones profundas y prósperas con hombres. Estuve casada quince años con un hombre dulce y bueno al que conocí cuando era joven e ingenua. Pensaba que estaba enamorada de él y vivimos muchos años felices criando a nuestros hijos y rodeados por nuestros perros, pero había un vacío en nuestra relación y una soledad en mi interior: siempre sentí que los perros me entendían mejor que él.

Desde entonces, he tenido dos relaciones. La primera fue con un hombre que parecía maravilloso. Tenía un perro mayor encantador que se llevaba bien con mis dos perros. Durante dos años, todo fue bien. Entonces, su perro murió y casi al momento empezó a molestarme lo que hacía. Sin su perro, no había atracción. Ya no quería salir a pasear a los perros conmigo y parecía que ya no teníamos nada en común.

La segunda relación duró dieciocho meses. Me enamoré mucho de él y pensaba de verdad que hacíamos buena pareja. Tiene dos perros. Después de pasar mucho tiempo separados en el confinamiento, tenía muchas ganas de volver a verlo, pero tengo que admitir que, cuando llegué a su casa, el nudo en la garganta no se me formó al verlo a él, sino cuando sus perros vinieron trotando hacia mí. Su amor es muy sincero y directo comparado con todas las complicaciones que tiene él.

¿Podrá hacerme sentir algún día un hombre el amor y comprensión incondicionales que siento con los perros? En lugar de enamorarme de los hombres, ¿me he enamorado siempre de sus perros? ¿La próxima relación que tenga debería ser con un hombre que no tenga perros?

Aquí hay mucho que desentrañar.

No creo que tengas que preocuparte por si no puedes crear relaciones con hombres. Has descrito tres relaciones, una de las cuales duró quince años y criasteis niños juntos. Tu preocupación es que no puedes formar relaciones profundas con hombres, una profundidad que alcanzas con facilidad cuando se trata de perros. Sin embargo, yo creo que, más que profundidad, lo que estás buscando es simplicidad.

Mira, a mí me encantan los perros. Si en una fiesta hay un perro, lo encuentro. Me he caído de rodillas en Regent's Park ante la aparición de un golden retriever especialmente juguetón, como si estuviese ante el papa de Roma. Me paso mucho tiempo en la web de la protectora de animales de Battersea. Te entiendo, pero siempre he ido con cierto cuidado con las personas que dicen que prefieren la compañía de un perro a la de una persona. El amor que te da un perro es incondicional, como dices, pero no se parece en nada al amor incondicional que puede darse entre personas. Nuestras mascotas nos son leales porque las cuidamos, porque les resultamos más familiares que cualquier otra figura de su mundo. Y nosotros los queremos porque nos proporcionan una relación sin complicaciones, ritualizada con gestos físicos en lugar de conversaciones. Lo más importante de todo esto es que no pueden contestarnos.

Me pregunto si eso es lo que anhelas cuando buscas pareja. Alguien que responda a las órdenes, que te dé cariño día y noche, que no te invite a la introspección ni te haga responsabilizarte de tus actos. Entiendo el atractivo que puede tener, pero será una dinámica difícil de encontrar fuera de los roles sadomasoquistas. Haciendo unos cálculos rápidos, supongo que eres una mujer de mediana edad y, si no buscas un yogurín con el que jugar, encontrar sumisión silenciosa y constante en un hombre heterosexual de más de cincuenta años será todavía más difícil.

Existe la posibilidad de que, simplemente, no quieras tener pareja. Sé de muchas mujeres que tuvieron una relación larga mientras criaban a los hijos, se separaron cuando estos ya eran mayores y, en cuanto se quedaron solteras, toda predisposición romántica desapareció. Es como si, tras años y años de buscar el amor, encontrar el amor, retener ese amor y que un nuevo amor les estallase dentro cuando tuvieron hijos, ya no pudieran querer más. Si ese es tu caso, no deberías preocuparte, sino disfrutar de esa nueva fase de tu vida en la que no tienes que cuidar a nadie cuando abres la puerta de casa, aparte de a ti y a tus perros.

Si quieres tener una relación, sé sincera contigo misma sobre qué rasgos de la personalidad consideras importantes. Parece que puedes juzgar mal la compatibilidad que tienes con los hombres porque te distrae lo que, de ahora en adelante, llamaré las Cosas de Perros. Es fácil exagerar la importancia de que a una persona le gusten los animales como prueba de su pureza moral. Que a alguien le importen los animales no significa que extienda esa empatía a las personas. Toma como ejemplo a Morrissey, el cantante de The Smiths. Sería más que encantador con tus perros, pero no te recomiendo que salgas con él.

Cuando conozcas a alguien, tenga perros o no, asegúrate de que pasáis la mayor parte del tiempo conociéndoos vosotros al principio, lejos de las Cosas de Perros. Eso te ayudará a tener más claro quién es de verdad esa persona. Más allá de este caso concreto, creo que todo el mundo puede ofuscarse demasiado con los intereses en común como factor definitorio de si una relación funcionará. Las pasiones y los *hobbies* pueden darnos un lenguaje y un horario compartidos, pero no estoy muy segura de que esas cosas sean unos cimientos sólidos sobre los que construir el amor. Tu pareja debería hacerte reír y atraerte. Tiene que parecerte interesante lo que piensa y la conversación que te da. Tendría que encantarte su compañía cuando estáis solos.

Aunque sería interesante saber qué piensan tus perros de todo esto.

Querida Dolly: Soy feminista, ¿por qué solo me atraen los misóginos?

Soy una mujer de veintinueve años y, después de pasar la mayor parte de la veintena en una relación larga, llevo los últimos tres años explorando mi sexualidad. Eso ha consistido, en pocas palabras, en acostarme con «tíos guais» y «buenorros» inalcanzables y del todo inaccesibles en lo emocional. Hace poco, en una sesión de terapia, por fin caí en que la realidad es que me atraen sexualmente, casi en exclusiva, los misóginos. Es irónico, porque soy una feminista acérrima y los misóginos representan todo lo que odio del patriarcado. ¿Cómo consigo que dejen de atraerme y empiecen a ponerme los hombres «buenos»?

¡Hola! ¡Gracias por venir! Me alegro de verte por aquí. Por favor, coge tu bebida de cortesía. Empezaremos el primer seminario del día en cinco minutos en la sala de actividades número tres con las otras feministas confundidas. El seminario se titula: «¿Cómo me sentiré realmente cuando dejen de silbarme por la calle?».

No seas muy dura contigo misma. Esa es una lucha interna que viven muchas mujeres que se respetan a sí mismas. Vete a saber por qué. Para algunas, se trata de un problema de autoestima, una creencia subconsciente de que no se merecen que las traten bien. Otras puede que se hayan acostumbrado tanto a que las objetifiquen que es lo único que reconocen como atención romántica. Algunas confunden esa atención con el amor. Puede que al resto de nosotras lo que nos pase es que nos gustan los hombres horribles porque cuando nacimos nos apuntaron a la Secta del Patriarcado sin que lo supiéramos. Y, hasta cuando intentamos dejarla, sus valores son tan destructivos que nos lleva un tiempo desprogramarnos.

Pero puedes encontrar un lugar seguro al que dirigir esos deseos. Puedes mantenerlos en el reino de la fantasía. Puedes querer ser respetada por tu pareja y, a la vez, desear que no te respete cuando estáis en la cama. Puedes pedir ambas cosas y eso no te convierte en hipócrita. No te convierte en una mala feminista. No te convierte en una persona retorcida. Solo te hace una mujer con apetito sexual, una parte del cual entiendes y otra no.

Yo soy de la opinión de que la identidad sexual es algo que todos deberíamos poder disfrutar y explorar (de forma segura, legal y consentida) sin culpa y sin neurosis. No creo que la mayoría necesitemos un análisis detallado de nuestras preferencias y prácticas. No creo que sea necesario complicar una inclinación sexual con la búsqueda de sus orígenes, a no ser que sea algo que te interese. Y si te gusta la objetificación o hasta la degradación en la cama, deberías buscar una forma segura de practicarlas. Y no deberías martirizarte por ello.

Tuviste la misma pareja sexual durante casi toda la primera etapa de la edad adulta, es más que comprensible que ahora pruebes cosas. Puede ser que te atraigan los hombres peligrosos o inescrutables como reacción a haber tenido una relación llena de amor. Puede que te parezca una novedad después de haber vivido en una situación tan estable y segura. También me pregunto si te está gustando estar soltera y por eso decides salir con hombres que sabes que no serán una opción viable para una relación duradera o que no se comprometerán contigo en absoluto.

Si es el caso, no huyas de la posibilidad de estar soltera en el futuro cercano y disfrutar de ello. No te avergüences y no dejes que eso te haga temer la posibilidad de encontrar el amor en el futuro. Has tenido una relación estable con un hombre apropiado y podrás volver a tener una relación así. Si todavía no estás lista, puedes salir con hombres sin compromiso o ser promiscua de una forma que no te haga daño a ti ni a los demás. Descárgate una *app* para ligar, sé clara con lo que buscas y encuentra a otras personas que quieran lo mismo, pero que te traten bien. Por favor, créeme cuando te digo que no solo los peores hombres sabrán cómo ponerte a tono.

Está muy bien que reflexiones sobre cómo tus elecciones reflejan tus convicciones, pero también pienso que no tienes por qué moralizar la sexualidad. Lo que nos parece sexi en la fantasía es muchas veces una inversión de lo que queremos en la realidad y la transgresión y los tabúes forman parte de eso. De verdad pienso que todo el mundo tendría que poder separar libremente la sexualidad de las ideas políticas, siempre que todas las partes implicadas hayan dado el consentimiento y lo estén pasando bien.

Lo importante es que no confundas tus ganas de objetificación o dominación en lo sexual con la necesidad de tener un novio misógino o dominante. Sé que lo sabes, pero, por si necesitas que te lo recuerden: mereces que te escuchen, te admiren, te animen, te cuiden, te tomen en serio y te valoren. No tienes que sacrificar la voracidad sexual para tener esas cosas. Por decirlo de forma fácil: necesitas un novio bueno, tranquilo y respetuoso que sea un cerdo en la cama. Existen. Espero que te lo pases bien buscándolo.

Querida Dolly: ¿Dejo de salir con hombres carismáticos y me conformo con uno majo?

El año pasado se acabó una relación corta pero intensa porque él pasó de decirme que lo era todo para él a dejarme de forma abrupta porque era posible que este año viajase. (¡Ja! Parece que no.) Era un hombre de los que cuesta encontrar (y más con veinticuatro años), porque pensaba las cosas con profundidad, tenía una colección de cristales de roca (de la que estaba orgulloso) y era ambicioso en el trabajo, todo eso mientras seguía pasándoselo bien saliendo de fiesta los fines de semana. Era muy importante para mí. Así que, cuando lo vi por la calle, decidí mandarle un mensaje para ver cómo estaba. No solo no me contestó, sino que me eliminó de todas sus redes sociales. Eso me escoció y me empujó a una espiral de intentar responder a la angustiosa pregunta: ¿dejo de salir con hombres carismáticos y me conformo con uno majo?

Con cariño,

Crisis de los Veinticinco

Si ha salido algo bueno de esta pandemia mundial es que, por lo menos, todo el mundo sabe que su ex lo está pasando fatal. Creo que puede ser el lado positivo más importante de 2020 que todo el mundo se calla y me gustaría tomarme un momento para celebrarlo. Mientras que antes existía una remota posibilidad de que tu exnovio estuviese en una suite de hotel de algún lugar del mundo montándose un trío con *miss* Suecia y *miss* Brasil, ahora por lo menos sabes seguro que está en su piso viendo *Chernobyl*, comiéndose otro deprimente plato de macarrones con salsa de tomate de bote. Y me complace mucho que tu ex no haya viajado este año, Crisis de los Veinticinco, y todavía más que se haya tenido que quedar en casa con su colección de cristales de roca como compañía.

Y, sobre esos cristales: creo que deberían ser nuestro punto de partida. Me pregunto por qué, cuando describes a un hombre con tanta adoración, su colección de cristales y el orgullo que siente por ellos es algo en lo que piensas de inmediato. La lista de cualidades que le atribuyes me parece casi la descripción de un personaje en un guion: «DAN, 24, reflexivo, ambicioso, pero también le gusta salir de fiesta, mira pensativo su amatista mientras da sorbos a su café doble». Creo que es posible que seas una romántica, lo cual es genial, pero también podría significar que sobreestimas o sobreanalizas las características de una persona para darle un papel en las futuras escenas de tu vida que tú misma has escrito.

Que este hombre tenga unos cristales y se esfuerce en el trabajo, en realidad, no te dice nada sobre quién es ni sobre cómo va a tratarte. Me pregunto si te perdiste alguna bandera roja porque estabas distraída con sus intereses varios, que diste por hecho que lo hacían más compatible contigo de lo que era. Esto no es, en absoluto, una excusa para su comportamiento de mierda y no quiero cargarte con ninguna parte de la culpa, pero creo que, si consigues examinar a tus posibles parejas con algo más de profundidad en adelante, tendrás más probabilidades de protegerte del dolor. Que tiendas a sobrerromantizar las relaciones quiere decir que estás llena de optimismo y esperanza, lo cual es bueno conservar, pero es algo que tendrás que tener presente y gestionar si quieres estar alerta cuando exista la posibilidad de que alguien vaya a hacerte daño.

Es más fácil decirlo que hacerlo, sobre todo en una época en la que la personalidad de todo el mundo se anota y exhibe en los perfiles de las redes sociales como si fuesen empresas en el registro mercantil. Sin embargo, cuando conoces a alguien, es muy importante centrarse en su realidad más que en sus adornos. ¿Cómo se comunica contigo? ¿Cómo habla sobre otras personas? ¿Sus actos van en la misma línea que sus palabras o su afecto por ti se limita a grandes declaraciones y nada más?

Tampoco existe ninguna garantía de que ser hiperconsciente de esas cosas tenga una tasa de éxito del cien por cien. Las personas que son buenas en general también son capaces de ser crueles o egoístas en el amor. Las personas que hacen donaciones mensuales a organizaciones benéficas pueden engañar a su pareja perfectamente. Que a un hombre le gusten las letras conmovedoras e inquisitivas del Dylan del final de los sesenta no quiere decir que vaya a adorarte como a la mujer de *Lay Lady Lay*. Los «chicos buenos» con colecciones de cristales también pueden plantarte, ignorar tus mensajes y eliminarte de las redes.

Lo que quiero decir es que pocas veces se puede resumir la totalidad de una persona en estos significantes superficiales de sus gustos y hábitos. La mejor forma de afrontar las relaciones, y más a los veintipocos, es con la mente abierta: con curiosidad por descubrir quién es una persona y con ánimo de sorprenderte por con quién puedes hacer buena pareja. Aunque nos dicen que el autoconocimiento es la clave de la satisfacción, tampoco creo que sea algo que tengamos que buscar como objetivo. Encontrar una frase para resumir quiénes somos o quiénes son los demás puede frenar nuestro desarrollo, así que intenta evitar los absolutos sobre quién eres o quién es tu pareja perfecta. Sé que hacer un *storyboard* de tu vida te da la sensación de que controlas la trama futura, pero, por más que lo intentes, eso nunca pasará.

Y no tienes que conformarte con nadie. Disfruta del proceso de conocer a mucha gente y de tener todo tipo de encuentros y relaciones. Intenta no caricaturizar a los hombres con la dicotomía de buenos y aburridos o carismáticos y peligrosos. Mi amiga Lauren lleva en pareja más de una década y escribió la mejor frase que he leído sobre el amor duradero: «No es la ausencia de diversión, es la ausencia de miedo». Tenla en mente cuando busques a alguien con quien compartir la vida, alguien que te aporte diversión sin miedo. Alguien cuya compañía te encante. Alguien que te haga sentir viva y segura y comprendida. Esos son los detalles que deberías buscar. El resto no importa tanto.

AMISTAD

Querida Dolly: Necesito ayuda para cortar con una amiga

Necesito ayuda para cortar con una amiga. «Emma» y yo hemos sido amigas desde niñas y ahora tenemos veintitantos y llevamos más o menos un año viviendo juntas. El contrato todavía nos dura un poco más, pero, cuando se acabe, creo que quiero distanciarme de ella tanto física como mentalmente. No hemos tenido ninguna pelea gorda, ha sido una serie lenta de discusiones incómodas, comentarios sarcásticos y mensajes de WhatsApp pasivoagresivos los que nos han llevado donde estamos. Aunque siempre me ha apoyado en las rupturas, los problemas de trabajo y los económicos, siento que tendría una vida más tranquila sin esta amistad. ¿Le debo una explicación, aunque ni yo misma sepa llegar a entender qué nos pasa? ¿Estaría mal desaparecer sin más?

Llevo en lo de dar consejos que no me han pedido desde que adquirí el lenguaje y en esto del consultorio poco más de cuatro meses. Cada semana, mi editora me manda una selección de cartas de entre las cuales elijo algunas y me las guardo en un documento. Hay preguntas muy específicas («¿Debería mandarle a mi ex algo que he hecho en clase de cerámica?»), hay otras que no requieren páginas y páginas de reflexión («¿Debería cortarme el flequillo?») y luego están los mismos problemas que aparecen de formas diferentes cada semana. Siempre, sin falta, hay una carta de una mujer preocupada por cómo romper con una amiga cercana.

Te lo digo para tranquilizarte: es una de las preocupaciones más comunes sobre relaciones humanas y, sin embargo, está rodeada de culpa. Creo que nos preocupa que una amistad que termina suponga siempre un fracaso, cuando en realidad puede significar libertad. Si una amistad no puede evolucionar cuando sus dos participantes maduran y cambian, es probable que esas dos personas se cansen de la amistad. Eso no significa que no os haya enriquecido ni hace que vuestros recuerdos no valgan nada y queden vacíos. Vuestra relación e historia compartida son todo un logro (¡de la infancia a los veintitantos ya es más que la duración mediana de los matrimonios!). Lo que pasa es que puede que a ti ya no te sirvan.

Pero, antes de pensar en una estrategia de escape, creo que deberías hacerle una autopsia a la amistad. Dices que no sabes por qué os habéis ido alejando, pero tu cronología sugiere que los problemas empezaron cuando os fuisteis a vivir juntas. Esos problemas que mencionas —discusiones, mensajes de WhatsApp pasivoagresivos— apestan a disputa doméstica. (Viví siete años con compañeras de piso y me conozco bien los mensajes de «Hola, he ido a coger mi Nutella del armario y he visto una marca de cuchillo que no he hecho yo (???). Estaría genial que alguien pudiera explicármelo!!!».) Puede que estés describiendo una incompatibilidad como compañeras de piso más que como amigas. Si es el caso, tal vez no vivir juntas devuelva vuestra relación a un estado relajado y respetuoso sin necesidad de confrontación. Algunas amistades simplemente no soportan el peso de la convivencia: hay muchas personas en mi vida a las que adoro, pero no hay suficientes botes de Nutella en la tierra para convencerme de que viva con ellas.

Si estas segurísima de que la amistad ha llegado de forma natural a su fin, yo evitaría de todos modos un gran discurso de despedida. Las conversaciones que consisten básicamente en que una persona le dice a la otra todo lo malo que tiene pueden ser traumáticas. Cualquier persona a la que un amigo le haya detallado los motivos por los que ya no quiere ser amigo suyo puede confirmarte que nunca dejas atrás del todo esos motivos (gracias, ********* *****, por decírmelo a los trece años a la hora del recreo). Que no sepas con exactitud por qué os habéis distanciado significa que es probable que sea más mutuo de lo que crees. En las relaciones duraderas, esas dinámicas no suelen cambiar sin que las dos partes sean conscientes de ello.

Lo cual tampoco significa que tengas que desaparecer. Eso es cruel y cobarde a la vez. Lo que te propongo es una etapa lenta y sutil de enfriamiento que, de todas formas, es algo que ya suele ocurrir cuando dos personas dejan de vivir juntas. Si se siente herida o te pide explicaciones, lo mejor es que seas sincera con ella. Sé amable: describe los cambios que has notado en la amistad y no los defectos que le ves a ella. Dile que valoras todo lo que te ha dado, pero que piensas que tal vez la amistad haya llegado a su fin. Si no está de acuerdo, os encontráis ante la oportunidad de mantener una conversación en la que las dos expreséis los sentimientos y encontréis una forma de volver a comunicaros con claridad.

Y, aunque no creo que tengas que mantener una amistad con alguien que te hace infeliz, sí que te animo a estar abierta a la adaptación más que a la ruptura. Las amistades pueden cambiar y volverse sanas sin terminar por completo. Puede que compartáis menos cosas, puede que se convierta en alguien a quien ves dos veces al año en vuestros respectivos cumpleaños. El pasado solo no puede mantener una amistad, pero sí que es algo que valoras cada vez más con la edad. Un día, para tu sorpresa, puede que descubras que es la única persona a quien quieres llamar. Y puede que no seáis mejores amigas, pero os alegrará oír la voz de la otra.

Querida Dolly: Todas mis amigas ganan más que yo y no puedo seguirles el ritmo

Tengo un grupo de amigas cercanas a quienes conozco desde el colegio. Al hacernos mayores, todas han empezado a ganar bastante más que yo. Eso significa que han tenido la suerte de poder comprarse una casa, salir a comer a sitios buenos y hacer viajes caros, mientras que yo voy contando el dinero a todas horas y me cuesta seguirles el ritmo de vida. No quiero dejar de ser su amiga, pero me da vergüenza no siempre poder permitirme hacer lo que hacen ellas y siento que me dejan atrás. ¿Qué hago?

Hace años, una de mis mejores amigas accedió a quedar con un amigo suyo para tomarse una pinta en el Soho. Mi amiga, que en ese momento rondaba los veinticinco, no estaba pelada, pero tenía un sueldo modesto y tenía que ir contando el dinero siempre que salía para poder pagar el alquiler en Londres y los viajes. Su amigo, que trabajaba en el teatro, recibió un mensaje de un actor que les preguntaba si querían ir con un grupo a un Pizza Express. Mi amiga sabía que no podía permitirse pagar una cena fuera de casa, pero accedió, porque no quería irse tan pronto. Al llegar, la saludó una mesa abarrotada de actores y directores, uno de los cuales era la estrella de *Crepúsculo,* Robert Pattinson. Enseguida supo que la cena estaría fuera de su alcance económico, así que pidió un prudente plato de bolitas de masa de pizza y un vaso de agua del grifo. Cuando sacaron la cuenta, la dividieron entre todos. Mi amiga sabía que no tenía dinero suficiente para pagar su parte, pero no quería ser la aguafiestas que propone que cada uno pague lo que ha pedido. Se fue al baño y tuvo una crisis nerviosa y decidió que lo mejor sería hacer como si hubiese perdido la tarjeta. Y ahí, bajo el resplandor azul de las luces del Pizza Express, mientras observaba como Pattinson le pagaba con amabilidad la cena de ocho bolitas de masa blanca, se preguntó cómo se había metido en ese lío.

Es una señal de tu buena naturaleza que intentes evitar conversaciones incómodas en tu grupo de amigas, pero «seguirle el ritmo» al estilo de vida de alguien es algo a lo que nunca jamás deberías sentirte presionada. No deberías avergonzarte por no ganar lo que ganan tus amigas. Es evidente, pero los sueldos y el estilo de vida que conllevan no siempre son indicativos del talento ni del esfuerzo. La asignación de trabajos bien pagados a menudo depende también de muchos otros factores: los privilegios, estar en el momento oportuno en el lugar oportuno y, simple y llanamente, la suerte. Siempre tendríamos que ser conscientes de eso, cobremos lo que cobremos, y tener en cuenta los distintos ingresos del grupo para que nadie se sienta avergonzado o excluido.

Estoy segura de que tus amigas son gente maravillosa y de que se sentirían fatal si vieran que no han reparado en tus preocupaciones. Creo que es probable que, como todas tienen un sueldo parecido, den por hecho que tú también. O, si llevan un tiempo cobrando bien, se les ha olvidado lo que es tener que calcular lo que cuesta una bolita de masa de pizza.

El dinero es un tema delicado, hasta con las personas más cercanas, pero hay que hablarlo. Algo que he aprendido al hacerme mayor es que la mejor forma de evitar los malentendidos o los enfados por dinero es tener una conversación muy sincera para no volver a hablar más de ello. Lo que no se dice es lo que provoca angustia. Si dejas o te dejan dinero dentro de la familia o de un grupo de amigos, tiene que haber una conversación sincera (e inevitablemente incómoda) sobre cómo se harán las cosas para, así, olvidar el tema. Antes de unas vacaciones en grupo, todo el mundo debe dejar claro lo que puede pagar y lo que no para poder disfrutar de ellas. Creo que tienes que tener una de esas charlas con tus amigas.

Sé que te parece humillante y que no tendrías por qué darle explicaciones de tu situación económica a nadie que no sea tu contable, pero te quitarás un gran peso de encima. Solo tienes que decirles que te encanta pasar tiempo con ellas, pero que te has dado cuenta de que tienen más ingresos que tú y que tendréis que hacer actividades más baratas juntas si queréis quedar todas.

Puede que se ofrezcan a pagar para incluirte en experiencias más caras. Si te sientes cómoda o no aceptándolo depende por completo de ti. Si no te sientes cómoda, piensa que es posible que sigan haciendo esas cosas sin ti. A mí me parece que está bien si es de vez en cuando, porque tienen derecho a disfrutar de sus sueldos y no tienen por qué sentirse culpables, pero también deberían esforzarse por planear actividades más inclusivas.

Lo importante es que se den cuenta de que son las personas las que hacen que una noche o unas vacaciones sean memorables, no el precio. Algunos de mis recuerdos más felices con mis amigas han costado lo que una pizza del Domino's en el sofá o un martini en la playa. Es divertido probar el lujo con gente a la que queremos, pero tampoco es importante. Si son buenas personas, lo sabrán.

Querida Dolly: Mi mejor amiga no me escogió para ser dama de honor

Mi mejor amiga no me escogió para ser una de sus seis damas de honor, ¿cómo puedo no sentirme mal? Darme cuenta de que ella significa más para mí de lo que yo significo para ella me está resultando muy duro. Sé que la elección de damas de honor a veces puede ser una decisión política y diplomática, pero me está costando mucho no tomármelo de forma personal.

Tengo una amiga, llamémosla Jill, que estaba organizando su boda. Cuando llegó el momento de elegir a las damas de honor, sintió que tenía que pedírselo a la chica de la que llevaba años distanciándose (llamémosla Anne). Sintió que no pedírselo a Anne supondría un gran conflicto, que no deseaba, porque era evidente que su amistad era insalvable. La opción más fácil era hacerla dama de honor y punto. «Creo que la boda puede ser la última vez que vea a Anne», declaró derrotada. Se aseguró de que Anne estuviera en la punta de todas las fotos para poder recortarla más tarde. Las otras damas de honor le cambiaron el nombre en secreto a la boda de Jill y la llamaron «la despedida de Anne».

No te cuento esta historia porque piense que tu relación con tu amiga se parezca a la de Anne y Jill, sino porque demuestra hasta qué punto vemos los papeles en las bodas como la valoración pública que una pareja hace de sus amistades. Todos hemos esperado que nos asignen el escalafón más alto (madrina de boda, padrino de un bebé...). Todos sabemos lo amargo de que nos releguen al segundo escalafón («Te tenemos mucho cariño, por eso nos gustaría que fueses maestra de ceremonias/que leyeses un salmo/que trajeses los anillos»). A algunas de las personas que no nos hemos casado ni tenemos hijos (ejem) a veces nos ha molestado esa clasificación de la amistad que se les permite llevar a cabo a las parejas y nos hemos preguntado cómo se sentirían si usásemos a nuestros amigos públicamente para que se encargasen de trabajos de distinta importancia en una fiesta de cumpleaños según cuánto los queremos.

Me encantaría decirte que es algo que no tiene importancia, pero claro que la tiene y entiendo por qué te sientes herida. Pero, como tú misma reconoces, las bodas a menudo son algo político, complicado y confuso.

Si hay algo que he aprendido sobre las bodas es que, si la fiesta es grande, no es la pareja la que paga. Y si no es la pareja la que paga, no es la pareja la que decide la mayor parte de las cosas. Eso significa que personas muy arbitrarias pueden volverse muy importantes en los actos de ese día. Por ejemplo, si el novio tiene una hermana, siempre me sorprende su importancia en la boda y en los actos previos. Su papel es muy nebuloso, pero, aun así, muchas veces se convierte en dama de honor de forma automática. No quiero generalizar, pero, por lo que he vivido, suele ser una persona muy maleducada que tiene su propio negocio de broches de ganchillo. Su relación con la novia suele ser entre escasa e inexistente y, aun así, la novia se pasa la mayor parte de la despedida y de la boda con ella pegada a su lado.

También existe la posibilidad de que tu amiga sienta que, si te pide que seas dama de honor, también tenga que pedírselo a otra persona o a otras personas que considera tan amigas como tú o que están relacionadas con vuestro grupo de amigas. He oído hablar a muchas novias de que es un problema serio, porque no quieren que el número de damas de honor llegue a los dos dígitos. Les preocupa que el papel de dama de honor pierda su sentido si en el grupo hay tanta gente como en un equipo de *hockey*.

Otra posibilidad (esta duele un poquito) es que haya decidido que no harías bien el papel de dama de honor por algún motivo que se haya inventado. Conozco a una chica a quien su amiga más antigua le dijo que no sería dama de honor porque no quería que la atención se centrase en ella el día de la boda (la chica en cuestión es tremendamente carismática, bebe mucho y es muy fotogénica). No digo que sea justo o esté bien, pero creo que vale la pena recordar cuánta presión pueden imponerse a sí mismas las mujeres para tener una boda perfecta y ser la novia perfecta, y hasta qué punto eso puede deformarles el juicio.

Y, sí, si siempre habías pensado que ella sería una de tus damas de honor, también cabe la posibilidad de que tú la consideres más amiga que ella a ti. Y a raíz de eso te pregunto: ¿te trata bien? ¿Te entiende y te apoya? ¿Os reís juntas? Si la respuesta a todas esas preguntas es que sí, entonces, ¿qué más da si os clasificáis con etiquetas oficiales diferentes? ¡No pasa nada! Puede que ella tenga, simplemente, un grupo más grande o anterior de amigas. Eso no significa que no te quiera muchísimo. Y no debería cambiar cuánto la quieres tú.

Además, ¡el lado bueno es que no tendrás obligaciones el día de la boda! ¡No tendrás que llevar cajas de velitas al lugar de la ceremonia de buena mañana! ¡No tendrás que llevar una corona de flores! Ponte un vestido espectacular, deja seca esa barra libre que pagan los padres de los novios y asegúrate de bailar con la novia, porque a mí me parece que la quieres.

Querida Dolly: ¿Cómo apoyo a mis amigas solteras cuando estoy en pareja?

La mitad de mis amigas están solteras y las otras han sentado la cabeza. Yo estoy un poco en medio, soy una chica de veintitantos feliz en pareja desde hace tres años. La pregunta que tengo es sobre cómo apoyo a mis amigas solteras. Una nos dijo hace poco que no quería contarnos al grupo de amigas (de cinco, cuatro tenemos pareja) su ruptura más reciente porque se sentía una fracasada comparada con nosotras. Eso me puso muy triste; yo estuve mucho tiempo soltera antes de estar con mi novio y me acuerdo a la perfección de lo que se siente. ¿Qué digo o hago para ayudarla?

La verdad es que yo nunca he tenido una gran cantidad de amigas solteras. Casi todas mis mejores amigas han estado en pareja desde los veinticinco, más o menos, mientras que yo me he pasado la mayor parte de la vida soltera. Con los años, todas hemos aprendido (y seguimos aprendiendo) cuál es la mejor manera de apoyarnos unas a otras mientras nuestras vidas avanzan con trayectorias muy distintas. Me siento muy afortunada de estar rodeada de mujeres con pareja que, a falta de una forma mejor de decirlo, son aliadas de las solteras, que valoran mi vida tanto como la suya, aunque yo no tengo las cosas que todas ellas comparten. Que seas consciente de que estar soltera tiene sus dificultades y quieras saber cómo apoyar a tus amigas cuando las sufren significa que ya eres una muy buena amiga. Cualquier mujer soltera tendría suerte de tenerte en su vida.

Creo que una de las cosas que más se pasa por alto en las amistades entre personas solteras y en pareja es lo importante que es habitar los mundos de las otras de forma equitativa. Dado que, en nuestra cultura, se sigue dando un gran valor a ciertos hitos (la boda, la hipoteca, los hijos), las personas que los alcanzan a menudo se convierten en el centro de atención del grupo.

Está claro que es un honor para las amigas solteras celebrar esos ritos de iniciación de las mujeres a las que quieren y, a su vez, involucrarse en su vida doméstica, pero pueden sentirse aisladas cuando ese mismo entusiasmo e interés no es recíproco. Intenta mantener de forma consciente ese equilibrio en el grupo, porque, créeme, si no, la situación favorecerá siempre por defecto a las que tienen pareja.

Por cada vez que tu amiga soltera cene contigo y tu novio, procura cenar con ella y alguien importante en su vida: tal vez su mejor amiga del trabajo o su hermano o hermana. Por cada vez que vaya a la casa que compartes con tu pareja, ve tú a su piso compartido o de soltera. Si un día tienes hijos y ella va a tu casa para jugar con ellos, deberías, por tu parte, pensar en una forma de demostrarle que te importa igual que tú a ella.

También es un simple acto de reconocer el privilegio que tienes. No es que seas más privilegiada por tener pareja, pero sí que tienes una experiencia diferente del mundo, que está diseñado sobre todo para personas en pareja. Eso no significa que sea más fácil para quienes tienen pareja, pero puede ser alienante para los que no. No puedo describirte cuánto agradezco que amigas con pareja tengan la humildad de reconocerlo. Igual que espero que tus amigas solteras tengan empatía cuando tú te enfrentes a cambios relacionados con tener pareja (peleas, sequías de sexo, familia política complicada, etc.), tú deberías hacer lo mismo cuando pienses en las experiencias de la soltería. Porque, al final, la empatía es eso: escuchar a alguien de verdad y luego usar la imaginación para ponerte en su lugar.

El otro día recibí un mensaje de voz de una de mis mejores amigas, que lleva años y años viviendo con su novio. Estaba furiosa porque una amiga suya, soltera, estaba buscando piso sola en Londres y se había dado cuenta enseguida de que su sueldo no le daba ni para un estudio en la zona 4 del metro. «Tiene treinta y siete años y va a tener que vivir con desconocidos que encuentre por internet porque no tiene novio», rugió enfadada. «Es SUPERINJUSTO.»

Otros consejos rápidos: estar soltera y enferma y vivir sola puede hacerte sentir terriblemente sola. Cuando esté enferma, no le preguntes si hay algo que puedas hacer, ve a su casa y llévale sopa. Si no quieres salir una noche de sábado (estás en tu derecho, faltaría más), anímala a salir con otras amigas solteras y queda con ella entre semana. No le cuentes a tu novio cosas que tus amigas solteras te han contado en privado, es una gran traición de su confianza. Los malos momentos son malos para todo el mundo, pero los buenos momentos son duros cuando no tienes a nadie con quien celebrarlos, así que asegúrate de que tiene a alguien con quien celebrar las cosas. Pregúntale si tiene a alguien con quien cenar el día de su cumpleaños, sobre todo si su familia vive lejos.

Hay cosas de la edad adulta que pueden superarnos si no tenemos pareja: una mudanza, cuidar a un familiar o una intervención médica seria. Da vergüenza pedir ayuda a tus amigas, porque te hace sentir que no tienes la vida bajo control. Estate atenta a esos cambios en su vida y ofrécete a ayudarla antes de que ella tenga que pedírtelo.

Querida Dolly: Mi mejor amiga está intentando quedarse embarazada y me dijo que nuestra amistad tendrá que cambiar porque bebo demasiado

Mi mejor amiga está intentando quedarse embarazada y hace poco me dijo que nuestra amistad tendrá que cambiar, sobre todo porque piensa que bebo demasiado. No hemos hablado desde ese día y no sé qué hacer. La apoyo en lo que se proponga, pero estoy dolida porque piense que tengo que cambiar.

No sé cuánto bebes ni sé si beber afecta de forma negativa a tu vida, así que no puedo ni darle ni quitarle la razón a tu amiga, pero tú no crees que el alcohol sea un problema y no has mencionado que otras amigas estén de acuerdo con ella, así que voy a trabajar desde la suposición de que eres una persona de las que se toman unas pintas de más una noche de viernes y no unos tetrabriks de más un lunes por la mañana. En ese caso, es probable que no se trate de ti, sino de ella.

No me parece que lo que describes sea infrecuente en mujeres que están formando una familia, pero parece que tu amiga no ha sabido expresarse. Decidir tener una criatura es un deseo atávico y los deseos atávicos pueden hacer que nos comportemos de formas impropias (es mi excusa para haber escrito poemas de amor sobre Charlie, del grupo Busted, hace muchos años). He conocido a mujeres que, cuando estaban embarazadas o intentando quedarse, decidieron resguardarse y vivir en un entorno lo más seguro y tranquilo posible. A menudo eso supone cambiar de hábitos y con esos cambios viene la distancia de ciertas amistades. Es un instinto de autoprotección y lo entiendo, pero también entiendo que duele estar al otro lado, sentir como si tu forma de vivir la vida felizmente provocase repulsa o hasta pusiese en peligro a alguien (aunque me da la impresión, por lo que he visto en mi círculo, de que tomarse una copa de vino con una amiga una tarde es una de las ventajas de la baja por maternidad, que por lo demás es una experiencia bastante intensa). Debes esforzarte por no tomarte sus palabras de forma personal y tener una charla sincera con ella.

Es posible que, cuando dice que le preocupa que bebas, lo que quiera decir es que le preocupa beber ella cuando está contigo. Puede que no quiera pasar tiempo contigo porque asocia vuestras quedadas con el alcohol, que es algo que quiere dejar. Si es el caso, puedes y debes tener cierta sensibilidad con el tema, pero ella tiene que encontrar la manera de no responsabilizarte a ti de su relación con la bebida. No es justo que tú te conviertas en la representante oficial de las Cosas Malas para ella y, por lo tanto, alguien a quien evitar.

También hay una gran diferencia entre decirte que vuestra amistad tiene que cambiar y decirte que tú tienes que cambiar. Si, al adentrarse en esa nueva etapa de su vida, a ella le apetece quedar contigo tranquilas, sin beber y en casita, me parece razonable. Dudo que vayas a proponerle a una mujer embarazada o a la madre de una criatura recién nacida que os pongáis al día en una *rave* compartiendo un gramo de keta. Es muy posible que hayan quedado inaugurados los años de cenar a las cinco de la tarde en una hamburguesería. Son diferentes, pero no tienen por qué estar menos llenos de cariño; son cosas que pasan cuando nos hacemos mayores. Seguro que tienes otras amigas que quieren ir de fiesta contigo, así que deberías salir con ellas.

El otro motivo por el que puede que quiera hacerte cambiar de estilo de vida es para reforzar que su decisión de tener un bebé es correcta. Eso es algo de lo que te das cada vez más cuenta a medida que te haces mayor: queremos que nuestros amigos hagan lo mismo que nosotros para tranquilizarnos y pensar que hacemos lo correcto. Pero debemos luchar contra ese deseo de uniformidad. No solo no nos aporta ninguna prueba de que nuestras decisiones son las correctas para nosotros, sino que las amistades serían muy aburridas si todo el mundo a nuestro alrededor tuviera justo el mismo tipo de vida que nosotros.

Creo que vale la pena dejar claro que apoyas ese cambio grande y emocionante, mientras aclaras también que no puede pedirte que reconfigures tu vida para que se adapte a sus decisiones personales. Entiendo que tú nunca se lo pedirías a ella. Las mujeres deberían poder llevar sus vidas en la dirección que les vaya mejor a ellas sin que se tengan que ordenar esos estilos de vida según su importancia.

Ver como una mejor amiga se convierte en madre es algo mágico. Puede descubrir una parte de su personalidad que nunca habías visto y también puede dar paso a un nuevo capítulo de vuestra amistad. Es un cambio que conlleva compromiso mutuo, pero vale la pena encontrar esa paciencia y aceptación. No hay una inversión mejor que el tiempo que le dedicas a una amistad que durará toda la vida. Si quiere dejar la bebida, perfecto, pero lo mejor para ella sería no dejar también vuestra amistad. Un bebé es un amor que te cambia la vida, pero no es una buena amiga. Tu amiga necesitará un par de estas a su lado durante los próximos dieciocho años de su vida.

Querida Dolly: El marido de una amiga se me insinuó, ¿debería contárselo a ella?

*Hace poco se me insinuó el marido de una amiga y no sé si contárselo a ella. Ocurrió cuando un grupo de amigos vino a mi casa después de pasar la noche en el pub. El marido de mi amiga estaba allí y a los dos minutos de llegar me preguntó si quería f****r. Impactada, muerta de vergüenza y de asco, lo eché. Más tarde me rogó que no se lo mencionase a su mujer. Estoy casi segura de que fue un comportamiento motivado por el alcohol y de que no volverá a intentarlo, pero ¿y si lo intenta con otra? Quiero contárselo a mi amiga, pero me da miedo perder la amistad. ¡Ayuda!*

Dios. Buen material para pesadillas. Pobre. Me alegro de que estés pensando concienzudamente en los próximos pasos, porque no me parece que haya una respuesta clara a esta situación. Hay muchos factores que habría que considerar antes de hablar con tu amiga o decidir no decir nada. Mi regla general es que las relaciones románticas de los demás son complejas, privadas y, por lo general, no nos incumben. Así que permíteme que meta baza con *todas mis opiniones.*

Hay algunas preguntas que debes hacerte. La primera: ¿qué relación tienes con tu amiga? No quiero ponerme muy de patio de colegio, pero es:

a. ¿una mejor amiga?
b. ¿una amiga muy cercana?
c. ¿la amiga cercana de una amiga cercana?
d. ¿una mujer con la que llevas un año trabajando que parece una amiga cercana, de cuya tarta de cumpleaños con forma de oruga graciosa te encargaste tú, pero a quien no verás nunca más cuando una de vosotras o las dos os vayáis de la empresa?
e. ¿una mujer con quien cenas una vez cada cuatrimestre?
f. ¿una mujer a quien ves en las fiestas y le dices: «Quedemos un día para cenar», pero nunca quedas?

Si la respuesta no es a, b o c, ni me plantearía decírselo. Decírselo sería lanzarle a su matrimonio una granada cuyos efectos sentirá durante años. ¿Quieres ser la que lance esa granada? Y, si no estás muy familiarizada con cómo son como pareja, no tienes forma de contextualizar su comentario. Lo cual me lleva a la segunda pregunta.

¿Cómo de borracho estaba el hombre? Y ¿lo habías visto beber antes? No soy una gran defensora de los borrachos (a pesar de lo que puedas haber oído por ahí), pero tampoco comulgo a ojos cerrados con la teoría de que los borrachos dicen la verdad. Creo que es algo que cambia de una persona a otra. En algunas situaciones, *in vino* hay mucha *veritas.* Por eso muchas broncas entre mejores amigas tienen lugar hacia las cuatro de la madrugada un lunes festivo sobre un mantel de pícnic rodeadas de treinta y tres botellas de rosado vacías. En cambio, algunas personas se comportan como alguien del todo diferente cuando beben. Dicen tonterías y no piensan de verdad ninguna de ellas. ¿Existe la posibilidad de que ese comentario saliese de la nada y no significase nada más? Si es así, déjalo correr, por favor.

¿Qué tipo de hombre suele ser? ¿Cómo es cuando está sobrio? ¿Es buena pareja? ¿Es comprensivo? ¿Tu amiga es feliz? ¿Parecen tener un matrimonio fuerte? Si, a lo largo de los años, solo lo has visto ser un marido bueno y amoroso, ¿es justo destrozarles la relación (tal vez) por un comentario de borracho? ¿O crees que su comentario cuando había bebido es representativo de quién es en realidad? ¿El comentario fue un desliz o se quitó la careta?

Y la última pregunta: ¿has pensado en hablar con él? Si vas a volverte loca especulando, ¿podría ser mejor hablar con él en persona para obtener las respuestas que buscas? ¿Podrías proponerle dar un paseo o tomar un café, mirarlo a los ojos e intentar ver si dice la verdad? Tal vez esto no sea buena idea en tu situación: puede hacerte sentir incómoda o puede parecerte que traicionas a tu amiga, yo lo entendería. Pero también podría ser la única forma de encontrar respuestas y saber qué hacer. Tanto si hablas con él como si no, te recomiendo encarecidamente que no se lo cuentes a nadie o solo a una amiga de confianza. O a una consejera que tiene un consultorio en un periódico de tirada nacional. Es mejor que su vida no se convierta en un cotilleo y ella acabe enterándose así.

Como bien dices, existe el riesgo de que le sea infiel y de que la proposición que te hizo sea un aviso de lo que está por llegar. En ese caso, es responsabilidad tuya hacérselo saber a tu amiga, pero, aun así, las repercusiones no serán sencillas. Puede que ella decida perdonarlo y tú, sin razón, te conviertas en la mala de la película. Puede que lo deje con él, pero se sienta demasiado humillada para seguir siendo amiga tuya. Puede que decírselo sea lo correcto, pero tendrás que tener valor y convicción. Si decides contárselo, recuerda que, aunque la verdad te hará libre, primero armará un buen lío.

Querida Dolly: Mi mejor amiga es muy tacaña

Hace nueve años que tengo una mejor amiga. Siempre nos hemos llevado muy bien, pero es muy tacaña. Gana bastante más que yo y que el resto de mis amigas (lo sé porque habla de dinero a menudo), pero nunca le sabe mal recordarle a alguien que le debe dinero, por poco que sea. Nunca es la primera en invitar a una ronda y, si puede irse sin pagar lo suyo, lo hace. La valoro como amiga, pero siento que esto está afectando a nuestra relación. ¿Debería hablarlo con ella o, poniéndome en el caso más extremo, cortar la relación?

Ah, los amigos tacaños. Todos tenemos alguno. Es uno de los inconvenientes inevitables de los grupos. En la adolescencia, en la universidad o poco después de graduarse, la relación de la mayoría de la gente con el dinero es inexistente o fácil de esconder, pero, cuando todo el mundo ha empezado a trabajar, a tener casa y a llevar cierto estilo de vida, aparece: el dinero. Hablamos de él, nos falta, queremos más, no sabemos gestionarlo, nos frustramos porque algunos tienen más... Descubrimos los hábitos económicos de nuestros amigos y, a veces, son opuestos al resto de su personalidad. Las personas generosas con su tiempo y su amor pueden ser tacañas con el dinero. Puede que los amigos que suelen ser estirados y cuadriculados no tengan ningún problema para compartir el dinero. Y a menudo no tiene ningún sentido en lo matemático: ¿por qué es el que menos gana del grupo el que siempre invita a las rondas? ¿Y por qué el que gana más es el que le manda sus datos bancarios a todo el mundo a los cinco minutos de haber comprado una bolsa de patatas en la tienda de la esquina?

Hablas de una frustración muy concreta en la que una persona explota tranquilamente la generosidad de los demás sin devolverles el favor. Entiendo que te dé rabia: no solo hace que aflore en la piel esa sensación picajosa de injusticia, sino que también te hace sentir usada. Es humillante sentir que alguien se está aprovechando de tu buena voluntad y es muy molesto cuando esa persona es una de tus mejores amigas.

Pero no creo que esté intentando tomarte el pelo ni que esté presumiendo de lo que gana para hacerte sentir incómoda. Nuestra relación con el dinero es circunstancial, pero también personal, histórica y profundamente sociológica. Viene determinada por los números en la cuenta, pero también por cómo se ganaba y se perdía y se gastaba ese dinero en nuestra casa cuando nos criamos. Por nuestra sensación de control, o falta de él, sobre el futuro. A menudo, el miedo rige nuestro comportamiento con el dinero. No creo que tu amiga tenga malas intenciones, creo que lo más probable es que tenga miedo.

Cuando alguien habla sobre algo a todas horas —tanto si les incumbe como si no—, se trata de un tema que lo aterra de una forma u otra. El dinero es uno de los temas más frecuentes. Se puede decir lo mismo de la gente que no deja de hacer comentarios sobre el peso. Por pesado o molesto que sea para los que están presentes, vale la pena recordar lo agotador que tiene que ser dentro de su cabeza. Creo que tu amiga tiene mucho miedo relacionado con el dinero y no puede evitar que eso deforme su comportamiento. Cuando cuenta cuánto le deben y pide enseguida que se lo devuelvan, es por pánico. Cuando divulga de forma compulsiva su seguridad económica, no es ostentación, es pánico. Te está usando como depósito humano de sus preocupaciones monetarias. Cree que, si enumera sus miedos y sus logros económicos, de algún modo, no dan tanto miedo.

Creo que deberías tener una conversación con ella en la que le preguntes por su relación con el dinero y la animes a contar la ansiedad que pueda provocarle. Dile que quieres una amistad en la que las dos podáis hablar abiertamente de dinero, pero de una forma comprensiva y respetuosa y sin incomodidad.

Porque es muy bonito ayudarnos unos a otros cuando lo necesitamos. Dale una oportunidad para que vea lo que está haciendo mal y para que lo pueda corregir. La desconfianza por cuestiones de dinero tiene el poder de destrozar amistades entre personas adultas y no se me ocurre un motivo más estúpido para perder a alguien a quien quieres.

Querida Dolly: Tengo treinta y dos años, estoy soltera y ahora todas mis amigas están teniendo bebés

Tengo treinta y dos años, hace mucho que estoy soltera y mis amigas a menudo se enervan con el mal tino que tengo al elegir hombres y se preocupan porque viva sola, sin nadie a mi lado. Todo iba bien hasta hace poco, cuando todas mis amigas casadas han empezado a anunciar que van a tener bebés. De pronto, no puedo dejar de llorar cuando estoy sola. ¿Tengo que aceptar que puede que no vaya a pasar? ¿O puedo seguir esperando al tío y al bebé?

He estado a punto de no responder esta carta. Quería responderla, porque es una preocupación que oigo a todas horas y conozco muy bien. He dudado si tratar el tema porque está relacionado con la fertilidad femenina y, por lo tanto, con los cuerpos de las mujeres. Y la gente tiene muchas opiniones sobre los cuerpos de las mujeres. Así que el primer consejo que te doy es que ignores cualquier consejo que te provoque ansiedad o vergüenza. No leas los comentarios de esta consulta. No leas artículos que citen «datos» sobre fertilidad de estudios de hace ciento cincuenta años. No te creas la pseudociencia sobre la biología femenina que oigas por ahí. Las únicas personas a las que deberías escuchar cuando se trata de tu cuerpo sois tú y tu médico.

Cuando no puedo parar de llorar, acabo dándome cuenta de que es una forma de expresar la frustración. Y creo que es la palabra correcta para describir lo que es ser una mujer soltera de más de treinta años que quiere formar una familia y no ve una forma clara de conseguirlo. Es frustrante no saber cómo o cuándo conocerás a la persona adecuada. Es frustrante sentir que tienes un tiempo para quedarte embarazada que se reduce a toda velocidad. Todas las mujeres que conozco que están en tu situación dicen lo mismo: «Si alguien pudiera garantizarme que voy a tener un bebé en algún momento en el futuro, dejaría de pensar en ello».

Pero eso no se le puede garantizar a nadie, esté soltero o con la persona con la que quiere tener hijos. La mejor manera de aumentar las probabilidades es tomar decisiones sensatas y lógicas en lugar de incitadas por el pánico. Para empezar, basta de malos hombres, mujer. Te roban el tiempo y el amor. Y tu tiempo y el amor que tienes para dar son valiosísimos, tanto si quieres hijos como si no. Si no dejas de salir con ellos y no sabes por qué, ve al psicólogo. O, si no te es posible, pídeles a las amigas que te conocen y te quieren que te den su opinión.

También está la opción de congelar óvulos, pero esa es una elección profundamente personal que depende de varios factores. Una mujer que conozco ha ahorrado para hacerlo y está muy emocionada, lo ve como el mejor regalo que puede hacerse a sí misma para tener un poco más de sensación de libertad. Otra amiga se echó atrás hace poco. Se dio cuenta de que solo estaba haciéndolo por miedo y de que no quería gastarse todo ese dinero en algo que representaba sus propias espirales de pensamientos negativos. Investiga un poco y dale una vuelta a si puede ser algo que te convenga. Te repito que congelar óvulos o no congelarlos no es ninguna garantía de tener o no tener criaturas.

También deberías buscar historias de mujeres un poco mayores que tú que hayan elegido un camino menos tradicional. La mayoría de las mujeres que considero mis mentoras, para quienes he trabajado y con quienes he colaborado a lo largo de los años, no conocieron a sus maridos en la universidad, ni se casaron a los veinticinco ni tuvieron dos criaturas antes de los treinta. Algunas las tuvieron por su cuenta con fecundación *in vitro,* donación de esperma o adopción. Algunas nunca tuvieron hijos y no se arrepienten en absoluto de ello. Todas sus historias son recordatorios de que hay más de una forma de tener una vida doméstica estable y tranquila.

Una de esas mujeres es una directora que tuvo las criaturas cuando ya había cumplido los cuarenta. «Cuando tienes un bebé, Dolly, la vida va solo de bebés durante un tiempo», me dijo. Me pareció un recordatorio muy útil de que habite la etapa en la que estoy en este momento, dé gracias por lo que es en este instante y no me quede con lo que no es. En lugar de observar tu vida y ver lo que falta, intenta buscar la abundancia. ¿Tiempo libre? Ve al cine por la tarde. ¿Dinero que no tienes que gastarte en las criaturas? Cómprate un bolso que de tan bonito sea absurdo. ¿Tienes el piso todo para ti? Pinta todas las habitaciones de tu color favorito y llena la nevera de champán del Aldi y quesos de los que huelen mal.

Y, por último, mi consejo más importante es que sigas dándoles amor a las mujeres que tienen todo lo que tú quieres. Si sientes celos de tus amigas, prométete a ti misma que los convertirás en actos de amor y neutralizarás los sentimientos de amargura. Escríbele a tu amiga que acaba de ser madre y pídele fotos del bebé. Ve a verla, llévate al bebé para que ella pueda hacer la siesta. Entérate de qué antojo tiene tu amiga embarazada y mándale un paquete por correo. No dejes de dar amor y este volverá a ti de una forma u otra. Esa es, según he aprendido, una de las pocas garantías de esta vida.

RELACIONES

Querida Dolly: Miré el móvil de mi novio mientras él dormía y ahora me siento muy culpable

Mi novio y yo llevamos saliendo poco menos de un año. Es bueno, gracioso y paciente, y me dice a menudo que me quiere. La otra noche, mientras él dormía, sentí un deseo horrible de mirarle el móvil. Vi algunos mensajes que les había mandado a chicas los primeros meses que salimos, pero nada que me preocupase. Dejé de mirar a los dos minutos, más o menos, pero he sentido una culpa enorme desde ese momento. Confío en él y me siento muy afortunada de tenerlo..., ¿por qué intento sabotear la relación haciendo cosas a sus espaldas?

Ah, mirarle el móvil al novio mientras duerme, una de esas cosas del todo inexcusables que la mayoría de las personas hace en algún momento de su vida. Como no corregir al camarero cuando te cobra menos de lo que era. O mandarle un correo a tu jefe diciendo que la resaca que tienes es, en realidad, un «posible norovirus» mientras te zampas un

Egg McMuffin. Una decisión de alto riesgo motivada por nuestras inseguridades que nos trae un sentimiento de culpa inevitable que nunca vale la pena.

No hace falta que te diga que mirarle el móvil a tu novio es mala idea. Ya sabes que es irrespetuoso, algo que solo se hace a escondidas. Y que, en cuestión de segundos, destruye la confianza que habéis labrado con esfuerzo. Me sabe mal que te sientas tan atormentada por haberlo hecho, pero creo que es positivo que quieras entender esa compulsión. Yo no se lo confesaría, solo provocaría una angustia innecesaria que es injustificada si te comprometes a no volver a hacerlo.

La razón más obvia para mirarle el teléfono es la desconfianza. Dices que tu novio no te ha dado motivos para dudar de su lealtad, pero me pregunto si te has encontrado con infieles en otras circunstancias. Es probable que conozcas a gente que ha sido infiel: tus amigas, los novios de tus amigas o tus exnovios. Si alguna vez te han puesto los cuernos, la tenue sospecha de que volverá a pasar siempre te acompaña. Te fijas en si tu pareja pone el móvil con la pantalla hacia abajo cuando lo deja en la mesa. O en si siempre lo tiene en modo «no molestar» para no recibir notificaciones. Miras si está en línea en el WhatsApp después de medianoche y, si está, intentas convencerte de que los hombres se quedan charlando con sus amigos hasta bien entrada la noche (no). Buscas estas señales como forma de supervivencia, para asegurarte de que no vuelves a sufrir el dolor y la humillación de la traición.

Pero hay diferencias entre ser precavida y ser suspicaz. Y predecir los pecados de alguien a quien quieres por los actos de personas que no se le parecen en nada no es justo. Puede que sea cosa de los hombres, puede que te hayan decepcionado y que hayas perdido la confianza en ellos. Cada vez que abro un periódico, me decepciona otro hombre. Pero, adoptando por un momento el papel de maestra: no castigues a toda la clase por unos pocos que se han portado mal y han fastidiado al resto.

También es posible que tu deseo de mirarle los mensajes sea un autosabotaje motivado por la baja autoestima. Puede que, de alguna manera, no creas que te mereces la fidelidad. Si crees que puede haber algo de verdad en esto, es importante que reconozcas que es un problema que tienes que trabajarte, sobre todo, tú. Las parejas deben ser conscientes de las inseguridades del otro y comprensivas a la hora de lidiar con ellas, pero no es trabajo suyo solucionarlas. No pueden. Si tú sientes que no te mereces adoración y compromiso, dará igual cuántas veces te diga tu novio que te quiere y que te será fiel, tú seguirás sospechando. Tienes que descubrir de dónde viene ese miedo y entender lo irracional que es.

Sin embargo, por lo general, creo que el deseo de mirarle el móvil al novio mientras duerme viene de la necesidad de control. Se habla mucho de las alegrías de enamorarse, pero creo que no se dice lo suficiente acerca de lo aterrador que es. Le entregas tu corazón y tu felicidad a alguien. Le das tu cuerpo, tus secretos, tus fines de semana, tus pensamientos, tu espacio mental, tus planes futuros, tu casa, tus llaves, tu grupo de amigos, tu familia. Ya lo he dicho alguna vez en este consultorio y seguiré diciéndolo: el amor entraña un alto riesgo. Siempre. En muchos sentidos. Sí, puede que tu pareja te sea infiel, pero también puede que muera. ¿Has pensado en eso? O puede que sea un estafador. Si te preocupa que tu novio pueda ponerte los cuernos, también podría preocuparte que tenga una familia secreta en un país vecino.

Querer a alguien no es un acto de control, sino de entrega. Puedes reflexionar con cuidado sobre con quién decides compartir tu vida, pero, a partir de ahí, tienes que dejarte llevar. Las alternativas son decidir estar sola (tiene mucho sentido) o estar con alguien cuya infidelidad te daría igual para sentirte cien por cien segura (y vivir triste). Tienes que entregarte a las variables desconocidas de otra persona. Conocerla, confiar en ella y esperar lo mejor.

Querida Dolly: Un buen amigo me confesó hace poco que siente algo por mí. ¿Se puede conseguir que te guste alguien?

Un buen amigo me confesó hace poco que siente algo por mí. Es inteligente, divertido, trabajador y viste bien. El problema es que a mí no me gusta. Tengo veintinueve años y he cortado con mi novio de hace cuatro años porque es, básicamente, mala persona. Sé que en las películas existe el tópico de «quedarte con el chico bueno al que le importas», pero no quiero jugar con mi amigo cuando ya sé que en realidad no me gusta. ¿Se puede conseguir que te guste alguien?

A ver, sé que hay mucha gente que no estará de acuerdo conmigo y sé que hay muchas anécdotas que desmentirán mi teoría y, cómo no, deberías escucharlas, pero voy a hablar, ante todo, desde mi experiencia. No, no puedes conseguir que te guste alguien.

He visto muchas relaciones que salen bien ir creándose con una atracción lenta y creo que se pueden dar muchos argumentos a favor de la seducción gradual. Si somos sinceros con nosotros mismos, todos pensamos que vamos a cruzar la mirada con alguien de una punta a otra de una habitación y nos atravesará de pronto la flecha de Cupido o la convicción repentina de que un desconocido será la persona con la que nos casaremos. Muy en el fondo, sigo pensando que eso es lo que me pasará a mí y a todas las personas solteras a las que conozco y quiero, pero esas historias de amor a primera vista se vuelven menos frecuentes, sobre todo cuando nos hacemos mayores, y con razón.

Ahora oigo muchas más historias de relaciones que empezaron como una amistad, o en un lugar de trabajo, o que empezaron «que sí, que no». Puede que, a medida que nos hacemos mayores y más sensatos y más precavidos, queramos sentirnos seguros con alguien antes de enamorarnos. Puede que hayamos perdido la fe en nuestros propios instintos: hemos aprendido que, tal vez, desear tanto a alguien que nos entren ganas de arrancarle la ropa y puede que la piel y entrar en su cuerpo y volver a cerrarlo y quedarnos a vivir en su corazón no sea necesariamente el camino a una relación larga, sana y funcional (¿quién nos lo iba a decir?). La atracción gradual es buena porque significa que tenéis camino que recorrer juntos. Si sois superintensos desde el primer día, es difícil mantener el ritmo.

No obstante, la atracción que va aumentando de forma gradual no deja de ser atracción. Puede que al principio no sea sexual o puede que se vaya apoderando de ti sin que te des cuenta o puede que te lleve un tiempo encontrar las palabras adecuadas para entenderla, pero siempre empieza con algún tipo de magnetismo entre dos personas. No puedes crear eso si no existe. Si conoces a ese amigo desde hace mucho tiempo y nunca has sentido ninguna conexión más allá de la amistad, no creo que vaya a aparecer ahora.

He oído que puedes tener un momento de «amor a primera vista» con alguien que conoces desde hace mucho y, según parece, puedes darte cuenta «de pronto» de que te has enamorado de esa persona. Al fin y al cabo, les pasó a Monica y Chandler y a Harry y Sally. Puede que estés esperando ese momento con él, pero te repito (¡lo siento!) que, en lo personal, nunca me he encontrado con eso. No creo que ocurra más allá de las películas y la televisión, donde la trama la eligen unos guionistas que necesitan que unos viejos amigos «de pronto» se enamoren para lograr un tercer acto y un final satisfactorio. Cuando he intentado llevar una amistad a algo romántico solo porque nos llevamos bien y sé que se trata de una buena persona, no ha sido natural y no ha terminado bien.

Cuando terminamos una relación que nos ha hecho daño, a menudo hipercorregimos con la siguiente persona que elegimos como pareja. Buscamos justo lo contrario de la última persona a la que hemos querido con la esperanza de que eso nos proteja de repetir el mismo final. Eso ocurre todavía más si la persona con la que salías era cruel. Buscar una pareja que sea buena no puede reemplazar la atracción. La persona tiene que ser buena y, además, tienes que querer besarla. No es mucho pedir. Sé que debes de seguir herida y dolida por lo mal que te trató tu ex, pero las personas atractivas y buenas existen, te lo prometo. Las opciones de hombres no son solo tíos buenorros y malos o buenas personas sin atractivo sexual.

Y obsesionarte por con quién «deberías» estar siempre es mala idea. Cuando buscamos una posible pareja está bien pensar en las características compatibles y en lo que no estás dispuesta a ceder, pero prescindir de las cosas que te atraen como si estuvieses a régimen no funcionará. No puedes salir con alguien como ejercicio de superación personal, y menos cuando sabes cuánto le gustas. No lo conviertas en un experimento que ya está destinado al fracaso. No puedes conseguir meterte en la vida (ni siquiera en la cama) de alguien con el poder de la mente. La atracción no solo ocurre en el cerebro, sino en el corazón y en el alma y... en las partes.

Querida Dolly: No les gusto a los padres de mi novio. ¿Cómo puedo ganármelos?

Me he ido a vivir con mi novio hace poco y estamos muy felices juntos. Sin embargo, es evidente que a sus padres les está costando aceptar que se haya ido de casa (nótese que tiene veintitantos) y han dejado bastante claro que no les gusto. Parece que me ven como la mujer que les ha quitado a su hijo. ¿Cómo puedo ganármelos? No me parece que haya hecho nada malo, pero tampoco quiero que mi novio sufra en medio de esta batalla rara por su custodia. ¿Qué hago?

Una de las cosas más difíciles de ser madura (aparte de no pasarte tardes enteras haciendo bromas telefónicas a chicos por el fijo de casa de tu madre) es reconocer cuándo tienes cierto privilegio en una situación, incluso si sientes que no tienes ningún poder. Sé que la situación te parece humillante, como si fueses la marginada de un grupito. Y entiendo que tienes la sensación de estar peleando por la custodia de tu novio, pero no. Él ha decidido compartir su vida y su casa contigo. Eres su nueva familia, eres su nuevo futuro. Por lo tanto, me temo que vas a tener que comportarte con el talante y la clase de quien tiene la sartén por el mango. Lo sé, es frustrante.

Si tu novio ha vivido con sus padres hasta los veintitantos, está claro que son una familia muy unida. Si me pongo las gafas de color rosa, puedo verlo como algo bueno: es bonito echar raíces con alguien que valora tanto la familia. La parte mala es que es difícil entrar en ese tipo de familias, con sus apodos y sus bromas internas y sus tradiciones raras (¿quién se da los regalos de Navidad en Nochebuena, por Dios?).

Así que la clave es no intentar entrar a la fuerza, porque puede que nunca puedas formar parte del grupo del todo. Estas familias en las que los miembros también son mejores amigos pocas veces quieren nuevos miembros; si buscan algo suelen ser espectadores que los admiren. Tienes que encontrar una forma de estar con ellos que te haga sentir incluida en la situación social y, a la vez, les deje claro que no necesitas que te incluyan en la familia.

Para ello, tienes que demostrarles (pero no explicarles) que no eres ninguna amenaza, que la relación que tenéis tu novio y tú es incomparable con la que tiene con ellos. Tiene especial importancia aplicar esta estrategia con su madre, porque las relaciones de los hombres con sus madres son muchas veces —sin querer generalizar— de locos.

Hay cosas sutiles que puedes hacer para mostrarle tu respeto sin que sea tan evidente que la situación se vuelva incómoda o empalagosa. Podrías pedirle consejo para comprarle un regalo de cumpleaños a tu novio. O, la próxima vez que vaya a vuestro piso, puedes pedirle su opinión sobre algo de la casa. Pídele la receta de un plato que haya cocinado y te haya gustado.

No se trata de ser manipuladora, sino de ser comprensiva. La diplomacia es una habilidad social muy infravalorada, pero que no requiere muchísimo esfuerzo. Solo tienes que ser consciente de las inseguridades de la gente y, con tacto, intentar equilibrar la conversación o la dinámica de la situación para que se sienta cómoda. Es importante hacer todo esto sin ser zalamera; no la halagues de más ni te muestres muy entusiasta. La gente siempre nota que alguien se está esforzando demasiado y eso genera desconfianza instantánea.

Es una actitud que conlleva algo de reflexión y esfuerzo, pero, según mi experiencia, eso es lo que hace falta cuando estás juntando dos familias dispares por una unión romántica. Puede ser difícil y complicado, puede haber choques e incompatibilidades. Por algo Shakespeare le sacó tanto jugo (qué vago). Te aseguro que es un problema muy frecuente. Es difícil conocer a alguien que haya tenido una integración sin ningún tipo de estrés en su familia política.

E intenta no tomártelo de forma personal. Estoy segura de que habrían hecho sentir incómoda a cualquier mujer que entrara en la vida de tu novio para mantener una relación larga. Puede que ni siquiera sean conscientes de que están siendo difíciles. Tal vez solo se sientan superados por la pérdida, porque se encuentran en una casa sin el chico que ha vivido veinticinco años con ellos. Tal vez ni sepan que esa sensación de pérdida se está manifestando en forma de hostilidad hacia ti.

Si continúa pasando y te hace infeliz, creo que tendrías que hablarlo con tu novio. Dile que sientes que a su familia le está costando aceptar que formes parte de su vida y que te gustaría hacer algo por ayudarlos. Pídele consejo sobre cómo podrías hacer que la situación fuese más fácil para todo el mundo. De nuevo, la diplomacia es crucial.

Hagas lo que hagas, no te metas con sus padres. No opines en ningún momento sobre sus personalidades. Guárdate todas esas observaciones para las conversaciones de WhatsApp con tus mejores amigas. Todo el mundo conoce esa norma inexplicable acerca de las familias: puedes decir lo que quieras sobre la tuya, pero ay de quien se atreva a expresar algo parecido. Ten paciencia. Estas relaciones llevan su tiempo. Si vas en serio con el chico, también vas en serio con ellos.

Querida Dolly: Mi novio es dulce y es mi mejor amigo, pero no me estimula intelectualmente

Hace casi dos años que tengo novio. Es dulce, generoso y mi mejor amigo, pero no me estimula intelectualmente. A nuestras conversaciones les falta profundidad y muchas veces me siento como si no hubiese intercambio entre nosotros. Se me cae el alma a los pies cada vez que no entiende mis bromas. No tiene complejo de inferioridad y me halaga a todas horas por mis logros, pero me siento sola aquí arriba sin él. ¿Continúo intentando conciliar nuestras diferencias?

Mi madre y mi padre llevan casados más de treinta años y son una de las parejas más felices que conozco. Siempre se están riendo, son afectuosos, pero hay un gran misterio en su relación: sus mentes son incompatibles a más no poder. Mi madre es una lectora obsesiva, mi padre solo ha leído un libro en su vida (la autobiografía de Michael Heseltine, el político conservador). A mi madre le encantan los museos, mi padre no los soporta. Son polos opuestos cuando se trata de política.

Con los años, he estudiado esas diferencias intentando descubrir cómo ese abismo mental no los ha separado. Finalmente he deducido que, aunque chocan en lo intelectual, espiritualmente hacen buena pareja. Les hacen gracia las mismas cosas, les emocionan las mismas cosas. Tienen reacciones parecidas a las mismas personas. Quieren el mismo tipo de relación y de vida familiar. Son almas gemelas, aunque no sean mentes gemelas.

Creo que eso es lo que de verdad importa en una relación romántica. Puedes externalizar la compañía intelectual a otras personas. Puedes encontrar entusiastas de las cosas que te estimulan en foros de internet, conferencias o actos. Puedes tener amistades para hablar de libros y de política y de ideas. Hay muchas parejas que tienen intereses diferentes y eso no tiene por qué provocarles una gran inquietud. Así que me pregunto si de lo que hablas es de incompatibilidad espiritual además de intelectual. Y me pregunto si, cuando dices que es dulce y que te halaga por tus logros, quieres decir que te adora.

Por un lado, entiendo el atractivo de una relación basada en la facilidad, la comodidad y la adoración unilateral. El amor tendría que ser simple y sin demasiado estrés, pero una relación sin complicaciones no tiene por qué ser poco estimulante. Una relación sin demasiado estrés no tiene por qué no desafiarte. Cuando dos personas se quieren, aprenden una de la otra. Eso no significa salir con alguien que te dé lecciones de marxismo o sobre la poesía de Milton (Dios nos salve), pero sí que significa tener respeto mutuo e interés por la otra persona y por cómo ve el mundo.

Y, por muy agradable que sea que te adoren, también es superdivertido adorar. Que te entretenga, te cautive o te obsesione la forma que tiene alguien de comunicarse es un placer eterno. Y creo que la mayoría de las personas que han recibido una devoción unilateral y constante de su pareja admitirán que la realidad no es tan agradable como se imaginaban y que la novedad desaparece. Tener a alguien que está pendiente de cada palabra que pronuncias es muy emocionante si tú también quieres estar pendiente de cada palabra que pronuncia esa persona.

No conozco tu historial de relaciones, así que es posible que tengas un listón poco realista en lo intelectual, que tus intereses sean esotéricos o dispares y que sea muy difícil que alguien tenga justo los mismos. (Una vez tuve que decirle con tacto a un amigo que nunca iba a encontrar a una mujer que estuviera tan enterada como él de la obra de Tolstói y, a la vez, de los programas de tele en los que salía Jeremy Beadle.) Tampoco sé lo que buscas en el amor. Si quieres algo informal o una relación que avance despacio, no es malo seguir un poco más para ver cómo va. Si quieres estar con alguien a largo plazo y formar una familia, tienes que analizar cuánto te gusta pasar tiempo con él. Cando una pareja de amigos míos se mudaron lejos, al campo, con su bebé recién nacido, el marido me dio un consejo sobre encontrar pareja por el que le estaré agradecida toda la vida: «Hay muchas noches largas y oscuras, Dolly —me dijo, solemne y falto de sueño—. Procura casarte con alguien con quien puedas tener buenas conversaciones».

Supongo que estoy recelosa de mis propios consejos en este caso porque siempre he sido defensora de pedirle mucho a la vida. Dicen que vida solo hay una. Y ya se sabe que termina antes de que te des cuenta. Siempre he pensado que un gran amor puede coexistir con una gran amistad, un buen trabajo en equipo, atracción física y muchas risas. Tuve el privilegio de criarme en una casa en la que ocurría eso, pero también sé que una pareja no te lo puede dar todo en la vida y que el perfeccionismo no solo es inútil, sino que muchas veces es hipócrita.

Creo que tienes que preguntarte seriamente qué te parece importante en una relación (puede ser diferente a lo que quieren todas las personas que conoces y no pasa nada). Descubre a qué no quieres renunciar y en lo que estás dispuesta a ceder. Por lo general, tienes que ceder en algo, pero puede que en tu caso no sea en esto.

Querida Dolly: Mi marido tiene cuarenta y tantos y se está convirtiendo en su padre muy deprisa

Mi marido tiene cuarenta y tantos y se está convirtiendo en su padre muy deprisa. Refunfuña por tonterías y tiene una postura de persona mayor, falta de ambición y fatiga frecuente. Hasta ha decidido que su próxima afición será la jardinería. Su padre es majo, pero yo no elegí casarme con él por eso. Me irrita mucho, porque yo todavía tengo ganas de disfrutar al máximo de la vida. Entiendo que todo el mundo tiende a convertirse en una copia de sus padres cuando se hace mayor, pero todavía me parece muy pronto. ¿Qué hago?

Hay muchas cosas que quiero decir para responder a tu problema, pero soy consciente de que, a veces, cuando reflexiono en términos generales sobre las características de los hombres, se enfadan. Y me parece justo. Así que he pensado que en mi respuesta entretejeré contraargumentos de un hombre imaginario de mediana edad que vive en Hampshire. Lo llamaremos Peter. Al lío.

Peter: «¿Por qué te buscan *a ti* para que les des consejos, pedazo de...?».

¡Amigo, si ni siquiera hemos empezado! Aguanta un poco.

Peter: «Pfff».

No creo que sea una preocupación infrecuente. Conozco a muchas mujeres que han encarado las etapas centrales o finales de la vida con su compañero y han sentido que sus energías e intereses divergían. Mi teoría es que es más probable que las mujeres se suavicen al hacerse mayores y que los hombres se endurezcan, porque ser una mujer joven es una situación llena de ansiedades que van deshaciéndose a medida que creces.

Peter: «Por eso no soporto el feminismo. ¡Deja de llorar! Las mujeres jóvenes no tienen tantos problemas».

¡Yo creo que sí, Peter! Miedo a la violencia de los hombres, miedo a los embarazos no deseados, desigualdad en las oportunidades laborales, estrés por la fertilidad, estándares de belleza inalcanzables, conciliar la maternidad con una carrera profesional... Los primeros cuarenta y cinco años de la vida de una mujer y las decisiones que toma se encuentran bajo una gran presión y escrutinio. Entiendo por qué la mayoría de las mujeres de más de cincuenta años con las que he hablado dicen que por fin han encontrado la seguridad y la serenidad que les gustaría haber tenido a los veinte.

A los hombres, en cambio, se los anima a triunfar cuando son jóvenes y a disfrutar de cada momento de su virilidad. Igual que tantas mujeres hablan del alivio de quitarse de encima el peso de la juventud, entiendo por qué a tantos hombres los aterra perderla. Pienso que muchas veces ese miedo se malinterpreta y lo que terminamos viendo es a un señor mayor gruñón, pero no creo que la mayoría de los señores mayores gruñones estén siendo difíciles. Creo que la cultura de la masculinidad tóxica hace que estén muertos de miedo de perder el poder y la importancia.

Creo que tienes que ahondar un poco más en sus nuevos hábitos y el desarrollo de su personalidad y descubrir cuál puede ser la causa. Habla con tu marido y hazle muchas preguntas que lo inviten a reflexionar sobre por qué su ambición y su entusiasmo están menguando. Es probable que los motivos sean mucho más complejos que el cansancio o el mal humor o que se esté convirtiendo en su padre. Podrían ser emocionales o existenciales. Y hablar del tema puede ayudar.

Peter: «ESPERA. Querer trabajar con esmero en un parterre de plantas aromáticas no tiene NADA que ver con nuestro miedo a envejecer o a la muerte».

Lamento decir que Peter tiene algo de razón. Creo que tienes que encontrar la manera de separar esos comportamientos diferentes y descubrir cuáles son indicativos de apatía y cuáles, simplemente, de que se está haciendo mayor. Las personas no solo tienen derecho a cambiar, sino que es algo esperable. Es uno de los riesgos de comprometerse con las impredecibles versiones futuras de una persona. Creo que lo que te está generando malestar es que su espíritu ha cambiado, su ilusión y apetito por la vida están disminuyendo. Tiene que ser un pensamiento horrible, porque esas son las cosas que te hacen enamorarte de alguien, pero creo que puede mantener su entusiasmo por la vida y, a la vez, llevar un estilo de vida más tranquilo.

Querida Dolly: Quedé con el amigo de mi nuevo novio antes de conocerlo a él, pero él no lo sabe

He empezado a salir con un chico que conocí en una app *y que es muy amable y todo un caballero. Después de unas cuantas citas, me di cuenta de que uno de sus amigos cercanos es un chico con el que quedé una vez el año pasado y con el que, desde entonces, me he mandado mensajes atrevidos de vez en cuando. ¿Saco el tema de que quedé con su amigo o espero a que salga en la conversación? También me muero de vergüenza por mi error de juicio: le mandé al amigo fotos subidas de tono que puede que se haya guardado. Estoy muy preocupada por si mi novio me ve con otros ojos y corta conmigo. Me parece muy mala suerte que de los millones de hombres que hay en Londres tenga que cruzarme con dos que son amigos. Tengo tanta ansiedad que cada vez que el chico con el que salgo no me contesta doy por hecho que se ha enterado y me está haciendo* ghosting.

Hay unos cuatro millones de hombres en Londres. Calculo, haciendo unas averiguaciones rápidas, que aproximadamente un millón de ellos están solteros. De ese millón, creo que unos trescientos mil dicen que están solteros, pero no lo están, en realidad hace dieciocho meses que tienen una «relación informal» con una mujer llamada Sophie que tiene un cavapoo (mezcla de caniche y de la raza Cavalier King Charles). Ciento cincuenta mil estarán fuera de tu horquilla de edad. Cien mil te contestarán a los mensajes con frases como «No puedo hablar, tengo mucho trabajo», pero tendrán tiempo de publicar memes de Elon Musk en las *stories* de Instagram. Unos setenta y cinco no tendrán perfil en las *apps* para ligar. En resumen, lo que intento decirte es que eso te deja unos cincuenta hombres con los que puedes salir, así que no me parece que las probabilidades de salir con dos amigos sin saberlo sean demasiado escasas.

Cuando leo tu consulta, me entran ganas de buscarte y darte un abrazo muy muy muy grande. Porque lo único que veo en cada una de tus frases es vergüenza. Vergüenza por tu anterior vida de soltera, por quedar con gente, por tener un comportamiento sexual, vergüenza por el secreto que guardas y vergüenza por quién crees que eres. Es algo que yo, igual que todas las mujeres que conozco, he sentido. Empieza cuando somos niñas y vive en nuestras profundidades. Crece en pequeños momentos, cuando un lío de una noche lanza rumores sobre ti, cuando un hombre que te ha acosado por la calle te llama puta, cuando tus padres dejan que tu hermano y su novia duerman en la misma cama en vuestra casa, pero tu novio queda desterrado a la habitación de invitados. Y la vergüenza también crece en las experiencias colectivas diarias de ser mujer, como cuando tienes que justificar por qué te tomas la pastilla del día después, cuando no encuentras productos menstruales que no estén perfumados hasta la exageración o cuando las leyes amenazan con quitarte la capacidad de decidir qué hacer con tu cuerpo.

Muchas de las mujeres que conozco sienten una vergüenza escondida e histórica que aflora de las formas más extrañas a medida que nos hacemos mayores. El miedo que sientes de que tu novio te deje es miedo a que piense que eres promiscua, pero ¿por qué tienes que llevar ese peso en la espalda? Eres una persona soltera que tuvo una conexión sexual con otra persona soltera. Fue consentida y seguro que, en algún momento, te aportó placer. Ni siquiera sabías que tu novio existía. No has hecho nada malo.

A menudo miro a los hombres con una vida pública para inspirarme en cómo vivir sin vergüenza. El político casado cuyo trabajo se escruta con lupa y, sin embargo, al parecer le queda tiempo para tener varias novias. El millonario que no se avergüenza en absoluto de su orgía sadomasoquista cuando termina apareciendo en un periódico. El corredor de bolsa timador que fue a la cárcel y luego Leonardo DiCaprio lo interpretó en una película sobre su carrera profesional. De verdad, todo eso me llena de desconcierto y asombro. Imagínate cómo debe de ser tener tanta fe en tu bondad innata. Imagínate cómo debe de ser están *tan* segura de que nunca van a descubrirte. ¡Imagínatelo! A veces, todavía tengo insomnio cuando pienso en un chico con el que tonteé por mensaje y que tenía novia. No deberías vivir con miedo. No deberías sentirte como si estuvieras escondiéndote de algo. Te lo repito: no has hecho nada malo. Supongo que sientes que su amigo tiene una parte de ti, que te ha robado algo que no debería ser suyo. Pero, si es una persona normal, sabrá que hay un pacto no escrito al que acceden dos personas que se intercambian mensajes o fotos sexis, que es que son privadas y se limitan a ese momento.

No tienes nada de qué avergonzarte. En el peor de los casos, es muy incómodo, pero ya está. Eres adulta, tu novio también y su amigo también. Tenéis un pasado y podéis dejar atrás la incomodidad. Y si él no puede, pues no es el tipo de hombre con el que querrías estar.

La mejor forma de lidiar con la vergüenza es quitártela de encima, como esa esterilla de yoga que tienes enterrada al fondo de un armario. Díselo. Sácalo a la luz y verá que no había nada que esconder. Da igual lo perfecta que intentes ser, no hay forma de esquivar los líos arbitrarios de la vida: las conexiones raras, los fantasmas del pasado, los giros sorprendentes... Así que lo mejor es reírse de ellos. Si puede ser, con las personas a las que quieres.

Querida Dolly: Mi novio depende económicamente de mí y empieza a molestarme

Mi novio dice que quiere tener un «trabajo», no una «carrera profesional». Depende económicamente de mí y empieza a molestarme. Quiero que sea feliz, pero también quiero que tenga algo que aportar. ¿Qué hago?

Tenemos que desmontar esta pregunta, porque tiene tantas piezas como una estantería Billy de Ikea. No sé qué componentes son tuyos, qué componentes son suyos y cuáles encajan entre ellos. Y creo que es importante que los tengas en cuenta todos. Así que ahí va.

Querer un trabajo y no forjarse una carrera profesional es un deseo muy razonable. La verdad es que me parece bastante digno de admirar. Creo que muchos nos sentimos atrapados en una secta que glorifica las trayectorias profesionales y no sabemos quiénes seríamos si la dejásemos. Labrarse una carrera profesional puede volverse una obsesión y robarnos el tiempo, el sueño, los intereses y las relaciones. Y lo más importante: todo eso puede venirse abajo. Las empresas cierran, a la gente la despiden, sectores enteros pueden irse a pique con las vicisitudes de una sociedad siempre cambiante. Entiendo muy bien por qué algunas personas quieren que el trabajo sea algo en lo que pensar solo entre las nueve de la mañana y las cinco de la tarde cinco días a la semana. No me parece que alguien tenga que ser ambicioso en lo profesional para ser sorprendente e interesante. No creo que las horas que se pasan en un despacho o una oficina sean más importantes que las que se pasan en casa, viajando o en los bares y en los parques. No creo que ser un buen jefe o compañero de trabajo sea más importante que ser un buen amigo o un buen familiar. Y no creo que nadie tenga que presionarse para tener una vida laboral extraordinaria si no quiere tenerla.

Sin embargo, tal vez a ti eso no te guste en una pareja. Y también está muy bien. Puede que estés muy centrada en tu trayectoria profesional y quieras un novio que tenga el mismo entusiasmo. Puede que eso sea lo que te parece atractivo. Si es así, tienes que dejarlo con este hombre, porque ha sido explícito no solo a la hora de decirte quién es, sino de expresar que está contento con sus decisiones. Debería estar con alguien que lo acepte por completo y tú deberías aceptar también quién eres.

Y ahora, lo del dinero. Querer un trabajo y no una carrera profesional puede suponer que no tenga la ambición de ganar un sueldo por encima de la media. De nuevo, del todo comprensible. Sin embargo, eso no significa que tenga que depender de tu trabajo y tus ingresos para tener el tren de vida que quiere. Si es así, tienes todo el derecho de sentirte algo molesta. Pero mi siguiente pregunta es: ¿te está pidiendo él dinero? ¿O en realidad es una presión que le estás poniendo tú? ¿Os estáis gastando dinero juntos en cosas que él no puede pagar, como el alquiler, las vacaciones o la compra? ¿Le has preguntado alguna vez cuánto puede poner él sin pasarlo mal para financiar vuestra vida en común? Si es menos de lo que te gustaría, ¿estarías dispuesta a cambiar de hábitos para reducir los gastos conjuntos o preferirías cubrir tú el déficit con tu dinero? ¿O preferirías no tener que pensar en nada de eso y salir con alguien que gane lo mismo que tú?

Es habitual que un miembro de una pareja gane significativamente más que el otro. Conozco a muchas parejas que lo han llevado bien, pero siempre poniendo límites, con aceptación y mucha comunicación. (Entiendo que eso te pueda parecer pesado, es una palabra que a mí me cansa solo de mirarla.) Creo que hay dos factores que puede que lo hagan más complicado: el primero, que la principal fuente de ingresos sea una mujer. Tradicionalmente, siempre ha sido al revés y lidiar con el orgullo masculino inestable puede ser muy tedioso, por no hablar de resolver los detalles de la baja por maternidad y los cuidados del bebé si decidís que queréis tener uno.

El segundo es que la mitad que menos cobra no tiene ningún interés por su propia carrera. Creo que es más fácil ayudar económicamente a tu pareja si tiene un trabajo que le apasiona, que le da felicidad y que, por desgracia, no da tanto dinero. Si siguierais con esta dinámica, tendrías que aceptar que no estar apasionado por su trabajo es lo que lo hace feliz.

Siempre he pensado que dependemos demasiado de los intereses compartidos cuando queremos saber si somos compatibles en lo romántico con alguien. Es uno de los motivos por los que los perfiles de las *apps* pueden ser engañosos: sí, es genial que a los dos os gusten los gatos de pelo corto y los discos de Elbow, pero ¿qué información nos da eso acerca de vuestra posible vida juntos? Creo que es fácil que obviemos muchos factores importantes cuando elegimos pareja para una relación duradera. Uno de ellos es la pregunta de qué importancia tiene el dinero para cada una de las partes. Me sabe mal haber respondido a tu dilema con más preguntas de las que tú habías formulado, pero creo que vale la pena darles unas vueltas si quieres un futuro con él.

Querida Dolly: ¿Crees en lo de «la persona indicada en el momento equivocado»?

¿Crees en lo de «la persona indicada en el momento equivocado»? Tengo veintipocos años y siento que he encontrado a la persona con la que tengo que estar. Dicen que esas cosas se saben y yo creo que lo sé. Él siente lo mismo. Sin embargo, ahora mismo no tenemos tiempo para vernos por motivos laborales. ¿Cómo vamos a dejarlo cuando todo parece tan perfecto y no ha pasado nada malo? ¿Debería esperar?

A este problema he estado dándole muchas vueltas los últimos años. No tengo la respuesta, claro está, pero, como toda buena consejera que tiene un consultorio, tengo una perspectiva mucho más clara y certera de tu dilema que del mío. Tal vez debería escribirme a mí misma... No. Es demasiado loco incluso para mí.

En fin. Llevo mucho tiempo cambiando de opinión acerca de este enigma de las relaciones. Sí, creo en que existe «la persona indicada en el momento equivocado», pero también pienso que lo del «momento equivocado» es casi siempre una limitación que nos creamos nosotros. Cuando alguien dice que no puede estar con una persona porque es «el momento equivocado», (por lo general) se cree lo que está diciendo. Yo misma he sido muchas veces la que lo dice. Y esa creencia es muy frustrante y entristecedora, pero no creo que sea necesariamente cierta. Los tiempos de nuestras relaciones no los dicta un poder superior. No tenemos un jefe de relaciones que nos entrega un calendario y nos dice qué años o meses tenemos que estar solteros o comprometidos con alguien. Tenemos el control total de nuestros tiempos si conocemos a alguien que también quiere estar con nosotros. Puede que no sea lo que esperásemos, puede que tengamos que darle más vueltas para que funcione, pero estamos al mando de nuestras decisiones cuando se trata del amor.

Entonces, ¿por qué nos preocupa tanto la idea de que haya un momento perfecto para tener una relación? Creo que, en primer lugar, está relacionado con el concepto de libertad que tenemos. Algunas personas asocian de forma instintiva estar solteras con ser libres: tener el tiempo y el permiso para vivir aventuras o muchas experiencias o centrarse en su carrera profesional. Yo soy una de ellas. Para otras personas, el compromiso es su forma de libertad. Consideran que la gran aventura de la vida es unir la suya con la de otra persona y vivir muchas experiencias juntas. Conozco a muchos monógamos en serie que tienen trayectorias profesionales increíbles y atribuyen su éxito a haber tenido una relación seria entre los veinte y los treinta. «No tuve que perder el tiempo preocupándome por conocer a gente», me dijo alguien en una ocasión.

También creo que nuestra obsesión con ese concepto nebuloso llamado «el momento preciso» está relacionada con nuestra equiparación de una relación exitosa con una relación eterna. Nos han dicho que, si conocemos a alguien que nos parece la persona indicada para nosotros, debemos estar con esa persona hasta el día que nos muramos. Y si no estamos juntos todo ese tiempo, nuestro instinto inicial de que era la persona indicada estaba equivocado. Creo que eso es —si se me permite hablar sin rodeos— una puta locura. Si así es como vemos las relaciones, ¿cómo va a comprometerse nadie antes de los treinta? ¿O incluso de los cuarenta? Es ponernos demasiada presión.

Puede que tú y ese chico estéis hechos para estar juntos un año, o cinco, o unos cuantos meses. ¡No pasa nada! ¡Puede seguir siendo una relación exitosa! Seguiréis teniendo la oportunidad de crecer juntos, de enriqueceros mutuamente, de enseñaros cosas y de crear recuerdos bonitos (o puede que solo divertidos) juntos. No tienes que esperar a un momento concreto en el que sabrás que solo estaréis el uno con el otro para siempre, porque, si no, puede que ni siquiera podáis estar juntos. Pregúntate cuál es la pérdida más grave: haber intentado estar con alguien que te parece perfecto y romper en algún momento o ni siquiera haber intentado estar con esa persona.

Entiendo las inquietudes que tienes acerca de tu trayectoria profesional. Siempre me ha parecido que mis momentos más productivos y centrados en lo laboral han sido cuando estoy soltera. Es uno de los motivos por los que llevo soltera mucho tiempo. Pero hace poco me he dado cuenta de que algunos de los momentos de mi carrera en los que más energía e inspiración he tenido han sido cuando me he enamorado. La soledad ha beneficiado en gran medida mi trabajo, pero ahora sé que la pareja adecuada también. Estar soltera puede ser lo que te hace falta en este momento de tu vida, pero también podrían serlo el apoyo y el amor de este hombre. Supongo que no lo sabrás hasta que lo intentes.

Soy consciente de que solo tengo treinta y tres años y tengo por delante mucha vida, mucho amor y muchas lecciones, pero hay algo que ya sé seguro: es muy muy difícil encontrar a alguien de cuya compañía no te cansas. No es frecuente conocer a alguien a quien adoras. Un amor bonito, bueno, divertido, sexi, de los que te hacen reír con la luz apagada, no es fácil de encontrar. Mi consejo es que intentes disfrutarlo cuando te lo encuentres, dure lo que dure.

Querida Dolly: Me he enterado de que mi novio está en una *app* para ligar

La semana pasada, la amiga de una amiga me mandó un mensaje diciéndome que se había encontrado a mi novio en una app *para ligar. Le hizo una captura a su perfil y se me cayó el alma a los pies cuando vi una foto que le había tomado yo. Le pregunté a él y me dijo que estaba avergonzado (¡como para no estarlo!) y triste. Me dijo que era «algo pasajero» y que cree que lo hace para sentir validación. Le pedí ver la* app *y miré los mensajes. No ha contestado a ninguno, lo cual es mejor, en cierto modo, pero ¡sigue pareciéndome que no está bien! Llevamos juntos algo más de dos años y vivimos juntos. ¿Le doy otra oportunidad o es mejor alejarme?*

He visto a esos hombres por ahí en los años que he pasado en las *apps* para ligar. Las caras que me suenan y que solo cuando me fijo más reconozco como el novio de una conocida o de una compañera de trabajo que se supone que está casada. Como la amiga de tu amiga (parece muy buena tía, quédate cerca de ella), suelo dar por hecho que se trata de un perfil viejo, pero también me han llegado muchas historias igualitas que la tuya. Yo estaba en una *app* para ligar que tiene una opción de «solo busco amigos» que se muestra en el perfil. Yo la llamo la opción «no quiero que las amigas de mi mujer le digan que estoy aquí». Siempre me quedo patidifusa porque piensen que no los van a pillar. Estáis advertidos: si las amigas de tu novia te ven (y te verán, hoy en día todas las personas solteras tienen perfiles en las *apps* para ligar), no hay mujer más leal que la amiga de una mujer despechada.

Antes de decirte lo que pienso, quiero dejar algo muy claro: la única persona que puede decidir si esto es aceptable eres tú. Antes juzgaba con dureza lo que las parejas permiten o dejan de permitir en sus relaciones, pero entiendo cada vez más que cada persona tiene sus límites individuales. Cada una tiene la mecha de una longitud concreta y esta longitud la deciden tus experiencias y tu personalidad. Es cosa tuya si lo perdonas o no y no deberías permitir que los juicios de los demás sean los que dicten tu decisión. Tú lo conoces mejor que tus amigas y, si aceptas los motivos que te ha dado y crees que no volverá a hacerlo y quieres seguir con él, deberías seguir tu instinto.

La primera vez que leí tu consulta, me pregunté cuál podría ser la causa de lo que tu novio llama «algo pasajero». ¿Es muy joven y no está seguro de si está preparado para una relación seria? ¿Eres su primera novia? ¿Tiene treinta y tantos y está en esa etapa a la que llegan tantos hombres en la que de repente están aterrados de la siguiente época de la vida y sus compromisos? ¿Habéis tenido una experiencia reciente que lo ha hecho sentir poco importante o emasculado? Ninguna de estas causas es una excusa para hacerse un perfil en una *app,* pero intento entender qué considera él su momento de crisis.

Puede que sí sea tan sencillo como que tiene necesidad de validación. Creo que el que no haya entablado conversaciones con los *matches* es un detalle importante. Las *apps* para ligar se diseñaron para parecer un juego y así es justo como las usan muchas personas. Coleccionan *matches* con otros seres humanos como Mario con las monedas en el *Mario Kart:* cuantos más tengas, más cerca estás de ganar. ¿Ganar el qué? No una pareja, sino la confirmación de que eres deseable. Si tu novio es así de inseguro y no es capaz de hallar confianza en una relación llena de amor, lo siento mucho por él. Si quieres apoyarlo mientras supera esas inseguridades o no es algo que tienes que decidir tú.

Pero sí te diré que, si esa suposición es cierta, es muy pronto en la relación para que se sienta tan desestabilizado. No has mencionado ninguna dificultad en la pareja, así que me preocupa que, a pesar de tener una relación tranquila, haya sentido que «necesita validación» en otra parte. ¿Qué pasará si formáis una familia y tu atención se desvía hacia el bebé una temporada? ¿Qué pasará si pierde el trabajo y a ti te ascienden? ¿Qué pasará cuando se os presenten el estrés y las desgracias de la vida de forma individual o como pareja en el futuro? ¿Volverá a «necesitar validación» en esos momentos de incertidumbre?

Y otra cosa que debes preguntarte más allá de si te parece un comportamiento ético es si te parece atractivo. En mi caso, no hay nada que me parezca menos atractivo que un tío que me esconde cosas. He conocido a muchos (y lidiado con ellos). Últimamente pienso que el hombre de mis sueños es uno que quiera comprometerse: ese es el músculo más sexi que me puede enseñar. Quiero un hombre que no esconda el teléfono o tenga una vida secreta en internet o un pie fuera de la relación. No me parece un sueño demasiado pretencioso. Y no creo que pedirle eso a tu novio sea pedir demasiado.

Querida Dolly: Mi relación es fruto de una infidelidad. ¿Cuándo dejarán de juzgarnos?

Mi relación es fruto de una infidelidad y ahora me avergüenzo de ser feliz. Nos conocimos en el trabajo cuando los dos estábamos en pareja desde hacía tiempo. Las cosas se pusieron feas, pero salimos de todo eso juntos y la verdad es que somos almas gemelas. Queremos compartir nuestra felicidad con amigos y familiares, algunos de los cuales conocen a nuestras anteriores parejas, y nos encontramos con la vergüenza y los juicios asociados a que nuestra relación empezase como una infidelidad. El tener que «ser discretos» y «respetar a las personas a quienes hicimos daño» está destrozando la relación. Han pasado ya unos años. ¿Cuánto tenemos que esperar para poder demostrar nuestro amor abiertamente y con libertad como otras parejas felices?

Hubo un momento, cuando era muy joven y muy estúpida, en el que juzgaba con dureza a quienes eran infieles. Puede que fuera porque fui a catequesis hasta los trece años y allí tenían una dura política sobre lo de no desear a la mujer del prójimo. Puede que fuera porque en 2004, cuando tenía que estar estudiando para los exámenes finales de secundaria, lo único que recuerdo leer iba sobre David Beckham y Rebecca Loos. No sé por qué, pero tenía la certeza indiscutible de que las personas que ponían los cuernos eran malas personas.

Antes de nada, voy a decir algo evidente: el sexo fuera de una relación monógama no es un comportamiento ejemplar. Tiene que haber sanciones para proteger el valor de la fidelidad prometida, las consecuencias de las cuales tu pareja y tú seguís viviendo. Sin embargo, no creo que las aventuras sean siempre síntoma de falta de ética.

Las infidelidades, por lo general, hacen daño a todas las personas implicadas, incluso a las que, a primera vista, se lo estaban pasando bien. Hace poco vi una entrevista a los amigos de Nora Ephron y Carl Bernstein, que estuvieron casados y se divorciaron cuando Ephron se enteró de la aventura de Bernstein mientras ella estaba embarazada de su segundo hijo. Ella escribió una novela superventas basada en esa experiencia que se convirtió en película, y a él lo reprobaron y humillaron públicamente. «A la larga, le hizo más daño a él que a ella», decían los amigos.

Estoy segura de que hay lectores de este consultorio que estarán indignadísimos con que sugiera que las personas que tienen la aventura merecen empatía. Y lo entiendo. Pero también pienso que hay que tener una falta de humildad importante para decir con toda seguridad que nunca serás infiel. Casi todas las personas que conozco que le han puesto los cuernos a su pareja estaban convencidas de que eran incapaces de ser infieles hasta que pasó.

Estoy segura de que, en el caso de ambos, vuestra aventura y consiguiente relación han causado un gran dolor en las personas a quienes dejasteis. Estoy segura de que la experiencia les ha provocado una ansiedad que tendrá consecuencias en cómo aman durante el resto de su vida. Me sabe muy mal por ellos. También me sabe mal por tu pareja y por ti. Estoy segura de que habéis lidiado con mucha vergüenza y culpabilidad.

Es un tema muy complicado sobre el que aconsejar, porque entiendo por qué la gente está dolida y enfadada con vosotros dos y también creo que tenéis derecho a ser felices. Creo que, de algún modo, vais a tener que aceptar la validez de todos esos puntos de vista. Tenéis que dejar que su dolor y su juicio residuales sigan existiendo e intentar ignorarlos.

La realidad es que la vida no es justa. Supongo que es una afirmación bastante manida, ¿no? Pero suelo pensar en este tópico cuando hablo del amor no correspondido. Las personas quieren estar con quien no toca, es una de las injusticias emocionales más comunes de la vida. La mayoría la viviremos en algún momento: la persona que nos quiere no es la persona con la que queremos estar o la persona con la que queremos estar no es la que nos quiere. Por algo Shakespeare y Austen le sacaron tanto jugo al tema.

Otro tópico: solo se vive una vez. Y, aunque eso no quiere decir que tengamos que comportarnos de forma temeraria sin tener en cuenta los sentimientos de los demás, sí que quiere decir que no deberíamos seguir en relaciones que no nos hacen felices. Si nos creemos eso que dicen de la infidelidad, que es solo un síntoma de que otra cosa no va bien en el matrimonio, es muy probable que vuestras respectivas relaciones hubiesen terminado por otros motivos más adelante.

«El corazón es un músculo muy resistente.» Es una frase de una película que cito demasiado, pero me va pareciendo más cierta con cada año que pasa. Querer a alguien y perderlo forma parte de la vida. Algunas personas pasaremos un duelo mayor que otras, pero todas tendremos que aprender a vivir con la ausencia de algún tipo. Puede que vuestros ex (y sus amigos) nunca superen lo que pasó. Y es probable que vosotros nunca podáis olvidar lo que les hicisteis. No podéis hacer desaparecer el dolor que habéis sentido todos, lo único que podéis hacer es aprender de él y seguir viviendo y queriendo con toda la sinceridad posible.

FAMILIA

Querida Dolly: Mis hijos están hartos de que les presente a mis últimos ligues

Parece ser que no tengo suerte en el amor. Mis tres hijas, mi hijo y mis amigos cercanos me dicen que sufren «fatiga de la novia». Al parecer, están hartos de conocer a mis últimos ligues. Dicen que ha habido una retahíla interminable de señoras más que adecuadas, pero no cubren mis altas expectativas. Incluso en cuarentena he empezado a salir con una mujer maravillosa que tiene una vinoteca de moda, pero sigo más perdido que un pulpo en un garaje cuando se trata del amor. Ahora no sé cómo actuar y me pregunto si serías tan amable de darme una hoja de ruta. Soy un dentista jubilado atractivo (con pelo y dientes), económicamente independiente, muy gracioso. Sé cantar, pero no bailar.

Un saludo afectuoso, Jim

No creo que nadie deba echársete demasiado encima por esto. Hay formas mucho peores de comportarse cuando sales con alguien que ser puntilloso. Es mejor tener las expectativas altas cuando buscas pareja que no ser nada selectivo. La autoestima alta (con humildad) es una cualidad infravalorada: si tú no crees que merezcas la felicidad, ¿quién se lo creerá? Pero la verdad es que yo no soy hija tuya y no tengo que conocer a una «retahíla interminable» de «señoras más que adecuadas» mientras me dices que estás «más perdido que un pulpo en un garaje», de modo que entiendo sus frustraciones. Hay una expresión de internet que puede que conozcas o puede que no: «A messy bitch who lives for the drama» (alguien que es un puto desastre y le encanta el dramatismo). Es decir, una persona que se crea situaciones innecesariamente complicadas en la vida. Puede que tú tengas una pizca de esto, Jim.

El perfeccionismo es fascinante, porque, muchas veces, es un camino contraproducente e incluso autodestructivo hacia lo que deseamos. Y puede tener muchas motivaciones diferentes, ya que es una actividad compleja y enrevesada. Una lectura productivista de tu dilema sería que buscas la perfección porque piensas que tú eres perfecto, que tienes una opinión exagerada de tus propias cualidades y, por lo tanto, exiges los mismos delirios de excelencia imposible de una pareja. Pero no creo que se trate de eso. (Aunque, en adelante, yo que tú evitaría describirme como «muy gracioso» y dejaría que sean los demás quienes lo decidan. Es un detallito que he aprendido en este viaje llamado vida.)

Creo que es probable que pienses de ti mismo

que eres un romántico. Y los románticos son, aunque parezca mentira, los que más huyen de las relaciones. Eso ocurre por dos motivos: el primero es que comprometerte con alguien supondría tener que suspender la búsqueda del amor y nada emociona más a un romántico que anhelar ese amor. El segundo es que los románticos pasan mucho más tiempo pensando en quién podría ser su pareja, por lo que cuesta encontrar la versión 3D que encaje con la persona que han creado en su mente. Esto está menos relacionado con la perfección y más con el prescriptivismo: escriben su propia versión de cómo creen que se desarrollará una relación amorosa y luego les resulta desconcertante que nadie más parezca conocer la trama y los personajes específicos.

En resumen, puede que estés posponiendo el materializar una relación porque te aterra que te pueda decepcionar. Creo que es un miedo comprensible. Es el motivo de que a menudo se cite el perfeccionismo como la causa de la procrastinación en el trabajo: es mejor posponer el trabajo y que, en teoría, sea maravilloso, que entregarlo y que sea una decepción.

Ya has vivido suficiente para saber que no puedes elegir un surtido de cualidades aleatorias que encajen con tus caprichos y esperar encontrar a una persona que los replique por completo. Ese no es un *hobby* adecuado para nadie, excepto para chicas de catorce años que lanzan hechizos para hacer aparecer al chico de sus sueños quemando listas de adjetivos sobre una hoguera improvisada en su jardín. No puedes invocar a alguien que has diseñado, porque eso no deja espacio para las imperfecciones impredecibles de las personas a las que acabamos queriendo. Las personas divertidas también se ponen de mal humor. Las letraheridas pueden ser ignorantes. Las personas muy sexis, me sabe mal decírtelo, suelen dejar las bolsitas de té usadas en el fregadero. Sin embargo, tienes que lanzarte con una persona, con toda ella, si quieres sentir en algún momento la intimidad real. No puedes elegir qué partes sí y qué partes no. Hace poco, alguien me dijo: «Cuando paso tiempo con mis amigos, me entrego a vivir la experiencia completa con ellos». Pensé que era una manera maravillosa de definir la aceptación.

La otra posibilidad es que, en realidad, no quieras una relación. Estoy segura de que has pensado en ello, pero la gente se inventa todo tipo de excusas para no encontrar pareja, porque piensan que no tenerla no es una opción. Pues sí lo es. Es evidente que tienes una vida que está repleta de amor y compañía. Puedes llenar tu tiempo con esas personas en vinotecas de moda o en el sitio que sea.

Piensa en el puñado de atributos que valoras de verdad en una novia por encima de los otros y luego libérate del resto de las expectativas y date la alegría de dejar que alguien te sorprenda. Sé muy sincero contigo mismo sobre lo que es importante y lo que no. Si esperas que alguien te acepte por completo, tendrás que tener la misma cortesía con esa persona.

Porque, aunque estoy segura de que tienes un pelo y unos dientes maravillosos y una voz impresionante, también tendrás tus defectos. No es agradable recrearse en eso mucho tiempo, pero habrá cosas de ti que tus amigos y familiares tendrán que soportar cuando se entregan por completo a la «experiencia Jim». Cosas que puede que ni sepas, cosas que hacen que tus amigos suspiren cuando vuelven a casa después de una cena larga contigo y digan: «Joder, Jim estaba muy Jim esta noche, ¿eh?». Eso es ser humanos. Es una humillación preciosa y caótica y nadie lo hace del todo bien. Únete al club. Te gustará.

Querida Dolly: Mi madre es adicta a las noticias falsas de internet y me avergüenza a más no poder

Quiero mucho a mi madre, pero es adicta a creerse las noticias falsas de internet. Publica a todas horas en Twitter y Facebook y nos avergüenza a mí y a mis hermanos a más no poder. Hemos intentado hablar con ella, pero solo conseguimos que se ponga más terca y se enfade. Tiene un carácter fuerte y mucho que decir y, aunque eso me parece muy bien, nos está haciendo daño. ¿Algún consejo?

Hay muy pocas cosas tan dolorosas como ver que tus padres se equivocan. Cuando nuestros amigos hacen el ridículo, es gracioso, pero que tu madre o tu padre dé un traspié en público tiene algo que horroriza. Queremos protegerlos de la humillación. Y nos sentimos inextricable y vergonzosamente ligados a sus actos.

No estás sola en absoluto. No conozco a nadie que aceptase mostrar las redes sociales de sus padres tranquilamente para enseñar quiénes son. Con los años, hemos soportado que las madres publicasen el nombre completo del exnovio de su hija en Facebook pensando que era la barra de búsqueda. Hemos leído tuits inconexos y sinceros sobre el Día del Recuerdo, en el que se conmemora el fin de la primera guerra mundial, con una foto pixelada de un campo de amapolas. Hemos recibido de nuestros padres esas cadenas de correo que empiezan diciendo: «REENVÍA ESTO A TODOS TUS CONTACTOS. LOS ROUTERS 5G EXPLOTARÁN EL 1 DE MARZO». Todos sabemos lo que es volver a casa el fin de semana y ver que uno de nuestros padres apenas levanta la vista del iPad porque está entregadísimo al acopio de cerdos para su parcela imaginaria del FarmVille.

Muchos *boomers* usan internet de forma diferente a nosotros, porque no se criaron con él. Nosotros hemos aprendido internet desde niños como si fuera una lengua y la mayoría hablamos internet con fluidez. Me acuerdo de esto cada vez que mi madre quiere mirar el correo y va a la barra de búsqueda de Google y escribe «ver la bandeja de entrada del googlemail» y entra en el primer resultado. «Ya sabes que basta con escribir "gmail.com" en el navegador, mamá —le digo cada vez, con una exasperación inexplicable—. Te llevará directa al correo. No tienes por qué buscarlo en Google.»

«A mí me va bien hacerlo así», me contesta siempre.

Es un error esperar que tus padres se comporten en internet como esperarías que se comportasen tus amigos. Tus padres siempre lo usarán de forma diferente a ti: se expresarán de forma diferente, tendrán un público diferente y unas interacciones diferentes. No te preocupes, la gente que lee las publicaciones y los tuits de tu madre no va a pensar que es una embajadora de tus ideas y tus gustos. A no ser que tu madre esté afirmando cosas hirientes u ofensivas (no lo parece, solo parece que lo que publica es un poco loco), creo que tienes que dejarla que siga con ello.

Internet puede ser implacable, un sitio de juicios y castigos. Se trata del inconveniente ocasional de algo que, por lo demás, es muy bueno: que la sensibilidad se valora y vigila en internet. Dicho eso, creo que la mayoría de las personas permite un «margen de madre», es decir, la gente sabe que puede que las personas de más de sesenta años no capten las normas de forma tan intuitiva como nosotros. Nadie va a entrar en los perfiles de redes sociales de tu madre esperando que sea sucinta como una cómica viral. No te preocupes por si se mete en líos, parece que no será así. Y, si alguien la reprende por algo que ha compartido, parece más que capaz de defenderse sola.

El culpable de que las personas, al hacerse mayores, se sientan atraídas por las teorías de la conspiración suele ser el miedo. Miedo de un mundo en el que se sienten confundidos o impotentes. Miedo de un mundo en el que algún día dejarán a sus hijos. Miedo de lo desconocido. En lugar de reñirla, intenta entender por qué ha elegido las teorías extremas como fuente de consuelo en este momento de incertidumbre. E intenta entablar conversaciones en las que compartís información, en lugar de pillaros una a la otra. Los datos son tus amigos: mándale artículos llenos de datos y preséntaselos como algo que crees que le gustará en lugar de algo que demostrará que se equivoca.

Y, cuando vuelvas a sentirte frustrada, recuerda: ella te soportó cuando te ponías pantalones militares y pensabas que Limp Bizkit eran los mejores artistas de la historia. Pensaba que tus gustos y opiniones eran malos, pero estuvo a tu lado de todas formas. Y un día, por imposible que parezca, tus hijos o sobrinos se avergonzarán de tu mera existencia. Este ciclo de la vergüenza es parte del ciclo de la vida, amiga. Vamos avergonzándonos por turnos, intentando guiarnos unos a otros con paciencia en la dirección correcta. Creo que es parte del trato del amor.

Querida Dolly: Quiero a mi hermana mayor, pero tenemos ideas políticas opuestas

Mi hermana mayor y yo siempre hemos estado unidas, a pesar de llevarnos diez años. Sin embargo, ha empezado a aparecer una fisura en nuestra relación: tenemos ideas opuestas en muchos temas políticos y sociales. Yo soy muy progre de izquierdas y ella es más conservadora. La quiero mucho, pero me parece que no puedo quedarme callada cuando dice ciertas cosas. ¿Cómo puedo seguir fiel a mis valores sin perderla como amiga?

No sé si he vivido algún momento en mi vida adulta en el que la moral sea tan inevitable en las conversaciones. Durante unos años, en una etapa en la que la paz relativa coincidió con la juventud, me parecía que mis amigas y yo estábamos todas de acuerdo en ética general. Y con saber eso bastaba. La mayoría votábamos a los laboristas y dábamos latas de comida a los bancos de alimentos. Poníamos a parir a Margaret Thatcher, lloramos cuando murió Tony Benn, pusimos una bandera de la Unión Europea en la ventana y boicoteamos el aceite de palma hasta que supimos que lo usaban en el Pret A Manger.

En cambio, en los últimos tiempos no hay forma de evitar las cosas que importan de verdad en política: lo específico, lo urgente y lo incómodo. Tanto si son conversaciones sobre el control de la pandemia o sobre que hay racismo en los sistemas que nos benefician a muchos. Se trata de temas que exigen nuestro tiempo y sinceridad más que teorías amplias. Hay problemas muy humanos que afectan a nuestras vidas diarias, a menudo de manera muy personal.

Yo también me consideraría «muy progre de izquierdas» y leer esas palabras en tu carta e identificarme me ha hecho inquietarme. Porque, aunque sé que nuestras intenciones son buenas, ese tipo de autoidentificación puede animar a la complacencia. Si decidimos hace mucho que estábamos de parte de los buenos, puede que ahora evitemos el trabajo brutal de la introspección. Cuando estamos en contra de las ideas de otra persona, damos por hecho al momento que esa persona es ignorante. Cuando señalamos los errores de los demás, puede que estemos resistiéndonos a analizar nuestra hipocresía. Y creo que nos da miedo estar cerca de la opinión «equivocada», por si se nos pega. Es fácil para los «muy progres de izquierdas» pensar en los valores conservadores como si fueran la peste: no queremos tenerlos cerca por si nos infectan o alguien nos marcase la puerta de casa con una cruz negra. Yo he sido culpable de todo eso y pienso que nada de eso es especialmente progresista.

No digo todo esto para menoscabar lo triste que es que alguien a quien quieres apoye opiniones que detestas, pero me pregunto si podrías verlo como una oportunidad, política y personal, en lugar de una barrera. Muchas personas tienen ideas de derechas (no olvidemos que casi cuarenta y siete millones de ellos votaron el mes pasado en Estados Unidos). Tú tienes la oportunidad de entender por qué. Las personas progresistas de verdad que he conocido no son las que intentan informar, sino las que intentan aprender. Están seguras de lo que saben que es cierto, pero son flexibles a la hora de entender a los demás.

Tendemos a pensar que somos la suma de nuestras creencias políticas. Yo estoy de acuerdo hasta cierto punto (sobre todo cuando esas creencias llevan a la acción), pero, como demostráis tu hermana y tú, las ideas no siempre son hereditarias. Se pueden conformar con las experiencias. Puede que ella no te haya explicado el origen de sus creencias. Puede haber un motivo concreto por el que se han intensificado con el tiempo. ¿Está reaccionando contra algo o alguien? ¿Está respondiendo a un trauma? ¿Ha recurrido a esa ideología como última solución porque se siente incomprendida o ignorada?

Si crees de verdad que no puedes hablar de política sin terminar discutiendo, la única solución es no hablar de política. Es un baile incómodo, pero muchas familias lo bailan en muchas salas de estar desde hace muchísimos años. Tu negativa a callar como respuesta a las opiniones que te ofenden es admirable y es algo que no tienes por qué cambiar. En ese caso, tendréis que aceptar las dos que tendrá que cambiar el tono de vuestra relación.

Pero, primero: hablad. Sé que es difícil tener paciencia cuando alguien habla de una forma que te parece aberrante, pero intenta quitarles hierro a los debates. Hablad cuando no os mire nadie, porque eso puede alentar el impulso de fanfarronear. Dile que quieres entender cómo ha llegado a adoptar esas posturas. Si tú marcas el tono, es probable que ella tenga la misma cortesía y curiosidad. Cuando los conservadores sienten que los progresistas están siendo paternalistas, solo van en una dirección y es más a la derecha. Todo lo que quieras que tu hermana sepa podrás transmitírselo de forma más efectiva en una conversación empática y tranquila. Parafraseando al presidente electo de Estados Unidos, hablad como oponentes en lugar de como enemigos.

Querida Dolly: Mi hija tiene treinta y cuatro años y está soltera. Me preocupa que nunca encuentre a nadie

Mi hija tiene treinta y cuatro años, es atractiva y tiene piso propio. Tiene una vida laboral de éxito y es una persona amable y encantadora (mis amigas también lo piensan). Tiene muchas amigas y casi todas están casadas o tienen pareja, pero siguen incluyéndola en las actividades sociales y queda mucho con ellas. También le gusta viajar sola y ha estado por todo el mundo con amigas y sin nadie. Puede parecer absurdo, pero me hace muy infeliz que no tenga a nadie con quien compartir los viajes, que le coja la mano y la mime después de un mal día en el trabajo. Ha tenido algunas relaciones más o menos largas, pero no han funcionado y sé que le gustaría echar raíces y acabar formando una familia como su hermano. La preocupación me está matando, pero nunca se lo demuestro. La mayoría de mis amigas no están en mi situación, así que pueden empatizar, pero no terminan de entender cómo me siento. Por favor, ¿puedes darme algún buen consejo?

¡Mamá! Me alegro de que me escribas.

No: bromas aparte, te compadezco. Yo tampoco

puedo imaginarme del todo cómo es traer al mundo una criatura diminuta, cuidarla, criarla, ver como crece y se convierte en una mujer hecha y derecha y, luego, dejar que se vaya de casa y se adentre en el mundo a los dieciocho años (seguramente no lo bastante abrigada). No sé como los padres no se pasan toda la noche en vela preocupados por su progenie, en general. ¿Saben todo lo que podrían estar haciendo? ¿Piensan en todas las cosas que podrían estar oliendo o esnifando? ¿En todas las calles que están cruzando sin mirar a la izquierda y a la derecha y luego a la izquierda otra vez? ¿En todas las personas que podrían estar riéndose de ellos o aprovechándose o rompiéndoles el corazón? ¿Piensan alguna vez en qué instrumentos usamos para sacar la Nutella del bote cuando no nos queda ningún cuchillo limpio? Me fascina que hayas podido dormir siquiera una noche en treinta y cuatro años, la verdad.

No lo digo para preocuparte, sino para recordarte que la preocupación parental es tanto instinto básico como racionalidad objetiva. Estoy segura de que, si conocieses a una mujer de treinta y cuatro años que encajase con la descripción de tu hija, pero que no fuera tu hija, no pensarías que le hace falta que pases noches en vela y te preocupes por ella.

Tu hija tiene tiempo, con treinta y cuatro es joven. Cada persona conoce a su pareja y forma una familia a una edad diferente según varios factores y no hay unos tiempos que sean superiores a los demás. Cuando todas las personas que te rodean están tomando justo las mismas decisiones al mismo tiempo, es tentador creer que tú eres la que lo está haciendo mal, pero —aunque suene muy cliché—, lo que elija cada uno es bueno solo para esa persona. Supongo que es probable que tú conocieses a alguien y tuvieses hijos más joven, lo cual puede explicar por qué te preocupa que tu hija no haga lo mismo. Es natural querer que los demás vivan las cosas que nos han hecho felices a nosotros, pero estás aplicando el molde de lo que tú quisiste a alguien cuya trayectoria vital es muy diferente a la tuya.

Enamorarse y encontrar una pareja compatible con quien tener hijos viene determinado por muchas cosas y gran parte de ellas escapan a nuestro control. No es algo que podamos decidir y planear, y las personas que ven las relaciones románticas así —que la pareja es un medio para llegar al fin— no terminan felizmente casadas.

Y es probable que su actitud respecto al matrimonio y a tener criaturas vaya variando. No sé seguro cuándo te dijo que quería formar una familia, pero puede que fuera a los veintitantos, cuando casarse equivalía a la idea de beber mucho champán en una carpa y tener un bebé parecía requerir el mismo mantenimiento que regar una aspidistra. Para una mujer soltera, pueden cambiar muchas cosas cuando ves que tus amigos y hermanos tienen criaturas. Puede aumentar tu deseo de un amor duradero y una familia o puede darte más miedo. Y, aún más confuso: puede hacer las dos cosas a la vez. Confía en su instinto: tu hija sabrá qué es lo mejor para ella.

Es bueno que no le hayas confiado tus preocupaciones. Créeme, ella es consciente de que está sola, tanto si está segurísima de querer una familia como si todavía no se ha decidido del todo. El mundo está construido para que no pueda olvidarlo. Es consciente de ello cada vez que ve un vídeo inofensivo y graciosete de un erizo bañándose y YouTube le pone un anuncio de test de embarazo y ovulación de Clearblue. Sigue así y no se lo comentes, ninguna mujer necesita que su madre le haga de reloj biológico. No es algo que vaya a olvidársele como si nada.

Lo que debería tranquilizarte más es que es evidente que tu hija tiene una vida plena: hablas de amigas, una carrera profesional, su propia casa, viajes varios... Describes a alguien ambicioso y también amable. La madre de mi amiga Helen dijo una vez: «Casarse es lo más fácil que puede hacer una mujer». Y yo me inclino por coincidir con ella. Es fácil empezar una relación como una sonámbula, sin tener listón alguno, por miedo a que se te acabe el tiempo.

Lo difícil es construirse una vida e invitar a formar parte de ella a alguien a quien quieres y respetas, que te trate con el cuidado y la amabilidad que te mereces. En lugar de preocuparte por si tu hija termina sola, agradece que no se haya conformado con la persona incorrecta. Parece que es una mujer tan exigente en la pareja y en la futura crianza como en el resto de las partes de su vida que ha ido construyendo. Parece que has criado a una mujer que se gusta. Ese es motivo suficiente para dormir tranquila por la noche.

SEXO

Querida Dolly: Tengo diecinueve años y soy virgen. ¿Qué me pasa?

Tengo diecinueve años y estoy en el primer curso de la carrera. Soy virgen, pero estoy desesperada por dejar de serlo. Todo el mundo que conozco parece no tener ningún problema para acostarse con alguien, pero, por algún motivo, a mí no me ha pasado. Me hace pensar que me pasa algo. No creo que sea especialmente fea o antisocial. Sin embargo, me vendría muy bien algún consejo, porque la verdad es que la idea de tener veinte años y ser célibe me aterra.

No gestiono yo misma la bandeja de entrada de Querida Dolly y a veces le pido a mi editora que me haga informes meteorológicos de los diferentes climas que tiene. «Mucha gente de veintitantos está preocupada por perder la virginidad», me informó. Le pedí que me mandase una selección de esos correos. Los remitentes iban desde la adolescencia a los treinta y pocos y todos estaban desesperados por «hacerlo ya» y confundidos porque no sabían por qué todavía no habían podido. Créeme cuando te digo que no te pasa nada y que no estás sola.

No tengo forma de responder a este problema sin mencionar de manera explícita el estado del mundo estos dos últimos años. Hace poco, una amiga que es profesora de secundaria me dijo que sus alumnos de bachillerato habían compartido con ella la preocupación de irse a la universidad siendo vírgenes. Yo ni siquiera había pensado en esta ramificación del covid, pero es normal que más adolescentes sean vírgenes. No han tenido las oportunidades de perder la virginidad que hay entre el final de la secundaria y el final del bachillerato: fiestas en casa de alguien, cumpleaños celebrando los dieciocho, fiestas de fin de curso del instituto... Se podría decir lo mismo de las personas solteras de cualquier edad: ha habido partes de este año y del anterior en las que ha sido prácticamente ilegal tocarse. Yo tengo treinta y tres años y espero tranquilizarte cuando te digo que casi todas las personas se volvieron vírgenes otra vez estos dos años. Hasta la gente que vive con su pareja.

Creo que también vale la pena señalar que estás pasando de la adolescencia a la vida adulta en un momento en el que se habla mucho de sexo. Creo que eso es bueno: cuanto más tratemos la sexualidad y la desestigmaticemos, mejor. No obstante, pienso que uno de los aspectos negativos del movimiento *sex positive* es que puede exagerar la importancia y la omnipresencia del sexo. Sé que te parece que todo el mundo se está acostando con alguien en todo momento, pero seguramente no es así. Y, aunque lo fuera, su vida no sería exageradamente más placentera que la tuya. La mayoría del sexo que practiques en la universidad no es el que recordarás en tu lecho de muerte.

Sin embargo, todo eso es demasiado fácil de decir. Cuando leí tu correo y los demás, me sentí transportada a esos años en los que pensaba que llevaría la virginidad encima como si fuera uno de esos anuncios humanos hasta el final de mis días. En retrospectiva, me parece rarísimo que el simple acto de la penetración nos pareciese la Gran Misión a mí y a todas mis amigas, y que para mí fuera la tarea imposible con la que soñaba noche tras noche. Nuestra forma de hablar de la virginidad enfocaba la experiencia sexual de forma muy falocéntrica. Nunca nos emocionamos, por poner un ejemplo, por nuestros primeros orgasmos o la primera vez que alguien nos había besado el cuerpo desnudo. Ojalá hubiésemos estado tan obsesionadas por el descubrimiento de nuestro propio placer como lo estábamos por la idea de decir: «Ya no soy virgen».

Spoiler: Al final, la perdí. Y todas mis amigas también. En general, fue entre las edades de quince y veintipocos. Me encantaría decir que perdí la virginidad más tarde de lo que quería porque estaba esperando a la persona adecuada. No fue por eso: iba salidísima y no conseguía que ningún chico se me acercase ni un poco. Cuando lo conseguí, no fue perfecto, pero la experiencia fue divertida y él también lo fue. No pienso en aquella época y deseo haberlo hecho antes. Ahora, a ninguna de mis amigas le gustaría haberlo hecho antes.

Poco a poco, he ido aprendiendo que así es como te sientes cuando, por fin, consigues algo que siempre habías querido: un trabajo, una relación, un piso... Cuando lo tienes, empieza a formar parte de tu vida y te adaptas. Te quitas el peso del anhelo de encima y ya no piensas demasiado en ello. Yo tengo muchísimos hitos autoimpuestos para los que ya se me ha pasado la fecha de caducidad. Ahora ya debería tener carné de conducir, un bebé y un compañero de vida. Estoy segura de que todas esas cosas me esperan en el futuro si las quiero. Y estoy segura de que no desearé haber vivido una vida alternativa en la que hubiesen llegado antes.

Como todas esas cosas, es probable que pase cuando dejes de obsesionarte por ello. Y cuando estés relajada y confíes en ti misma y conozcas a alguien que te guste y con quien te lleves bien y te haga sentir segura. La virginidad no es algo de lo que avergonzarte ni es cosa de nadie que no seas tú. Tu futura vida sexual no estará dictada por si pierdes la virginidad a los diecinueve o a los veinte años. Tienes toda una vida de polvos por delante. Y te aseguro que, de todas formas, cuanto mayor seas, mejores serán.

Querida Dolly: Me acosté con él casi enseguida

Un hombre majo de una app *para ligar se ofreció para quedar a comer. Me acosté con él casi enseguida. ¿Qué hago para no comportarme como una gata salvaje en la próxima cita?*

Sarah, treinta y un años

¡Pero bueno! ¡Hola, gatita!

En primer lugar, me gustaría que prestases atención al lenguaje concreto que has elegido para describir este encuentro romántico. Dices que «se ofreció» para quedar a comer, como si tu perfil en una *app* para ligar fuera un currículum y este hombre un jefe amable. También parece que confiesas que te acostaste con él en la primera cita, como si fuese una pérdida momentánea de juicio. A continuación, preguntas cómo evitar parecer una gata salvaje —indeseada, indómita, descontrolada— solo por el hecho de haber tenido relaciones sexuales consentidas con otro adulto.

Esto me lleva a una observación más general: deberías preguntarte cuándo consideras que una cita ha salido bien y por qué crees que la has cagado. Puede ser que el sexo en la primera cita vaya contra tus valores personales (puede que te guste el romance a la vieja usanza o el proceso de una seducción larga). Puede que en esa cita bebieses más de lo que sueles beber y eso te llevase a una pérdida poco propia de ti de las inhibiciones y la ropa. O puede que fuese porque los meses de cuarentena te han acabado afectando y la idea de otra noche comiéndote unos *yakisoba* que has pedido por Deliveroo y viendo *Normal People* por tercera vez mientras das vueltas en el colchón te resultase insoportable. Si alguna de estas cosas es cierta, entiendo por qué te sientes desorientada por tu decisión de acostarte con un hombre al que casi no conoces.

Hay otra posibilidad que me gustaría que tuvieses en cuenta como origen de tu preocupación. ¿Crees que el sexo en la primera cita es un error? ¿O crees que el sexo en la primera cita es algo de lo que avergonzarse? Te lo pregunto porque tenemos casi la misma edad y, por lo tanto, supongo que nos habremos criado con la misma dieta de heteronormatividad cultural. Con los mismos referentes, como lustrosas revistas para mujeres con titulares del estilo de «¡75 trucos para hacer que tu chico haga todo lo que tú quieras!» o «¡Hazle creer que irse a vivir juntos fue idea suya!». O con los libros de autoayuda que encontramos en las estanterías de nuestras madres y que contaban que a los hombres les encantan las guarras y que viven en un planeta distinto al nuestro.

Culpo a esa literatura de la cantidad de veces que he oído a mujeres mascullar sin demasiado entusiasmo «es que yo no soy una chica fácil» entre besuqueos febriles en un rincón de un bar oscuro apenas creyéndoselo ellas mismas. Durante décadas, nos han dicho que hay un montón de normas que tenemos que seguir para poder tener una buena vida amorosa: no te acuestes con él en la primera cita, no le mandes el primer mensaje cuando os despidáis, que no parezca que tienes demasiadas ganas de volver a quedar... Pero, en realidad, cuando descodificas ese lenguaje, lo único que quiere decir es: hazte de menos. Menos interesada, menos expresiva, menos abierta, menos salida. Cuanto menos seas tú misma, más probable es que se enamore de ti.

Es cierto que, cuando empiezas a conocer a alguien en el sentido romántico, no puedes ni debes mostrarle todo tu ser en la primera cita. Ir descubriendo poco a poco las capas de una persona forma parte del cortejo, pero acatar una serie de regulaciones que te imponen que ignores tus instintos para engañar a alguien y así gustarle no solo es aburridísimo, sino que también está ligado a un género de forma injusta. Te garantizo que ese hombre no ha pasado ni un segundo desde vuestra cita preocupándose por haberse acostado contigo demasiado pronto ni porque su deseo por ti pueda parecer salvaje y amenazador cuando volváis a encontraros. Dudo que ni siquiera haya analizado los pros y los contras de la decisión que tomó.

Si crees que te gustaría tener una relación con él, entonces, intenta pasar el mismo tiempo conociéndolo en conversaciones como físicamente, por supuesto. O, si lo que quieres es algo informal, está bien dejar claro que te gustaría volver a acostarte con él. En cualquier caso, por favor, recuerda que no has suspendido la asignatura de Feminidad por no esperar más a acostarte con él cuando lo que te apetecía era hacerlo. No es algo de lo que avergonzarte. No es una señal de que has cedido demasiado pronto. No has perdido ningún juego de poder. Esos mitos misóginos de la etiqueta que hay que seguir en las citas son un constructo, son justo lo opuesto a la conexión y la comunicación reales. Y no significan nada. No conozco a ningún hombre medio decente que fuera a juzgar a una mujer por sugerir acostarse en la primera cita.

Y aquí te dejo otra idea: el sexo en la primera cita puede no ser una señal del desastre futuro, sino una señal evidente de que hay química. Conozco a muchas parejas que llevan juntas mucho tiempo que empezaron acostándose en la primera cita. También tenemos que destacar que os acostasteis después de quedar para comer, algo tremendamente francés por vuestra parte. Me gusta la idea de que, después, compartisteis un cigarro Gauloise apoyados en el cabezal de la cama bajo la luz del atardecer. Yo que tú pasaría menos tiempo preocupándome y más tiempo presumiendo, la verdad.

Aunque no te sugiero que te abalances sobre él en cuanto lo veas, sí que te pido que no pienses en ti como una gata asalvajada. Tu apetito sexual no te convierte en alguien dependiente, ni desagradable ni sin criterio. La abundancia de deseo no te convierte en una gata callejera desesperada que se refriega con cualquiera que le tire un poco de pescado. No necesitas que nadie te meta en un trasportín y te lleve a su casa. No necesitas un anuncio suplicante en una web de adopción de mascotas en el que se ruega que alguien te escoja. No, eres una gran felina. Certera en tus instintos, poderosa en tus movimientos, majestuosa en tu andar. ¿Quién sabe qué pasará? Puede que hayas encontrado a otro felino para una aventura, o al compañero perfecto para tu manada. Sea como sea, a mí me parece bastante divertido.

Querida Dolly: Quedaba a menudo con una *escort* y me he enamorado de ella

Quedaba a menudo con una escort *y ahora nos hemos hecho amigos hasta pasar casi todo el tiempo libre juntos y creo que me he enamorado de ella. Conocemos a la familia del otro y lo sabemos todo el uno del otro. Le pedí que fuera mi novia hace unos meses, pero rechazó la propuesta y quiso que siguiéramos siendo solo amigos. Sin embargo, cuanto más tiempo pasamos juntos, más crecen mis sentimientos por ella y me doy cuenta de que siento cosas que no quiero sentir, como celos. Ha tenido dos relaciones abusivas y no quiere dejar de ser* escort. *Sé que tendría que alejarme, pero eso supondría no volver a verla, lo que seguramente sería peor que saber que nunca podré tener una relación con ella. Estoy muy confundido y la situación empieza a dominar todos los aspectos de mi vida.*

Steve

Me cuesta pensar en dolores más grandes que el de estar enamorado de alguien que no quiere estar contigo. Hace poco, le oí decir a una psicóloga y experta en mal de amores que ese es un trauma singular, porque es muy probable que quien lo sufre se vuelva loco. A un adulto equilibrado que se respeta y se cuida pueden romperle el corazón y, al momento, empezar a pensar y a comportarse como si estuviese loco. El desamor a menudo lleva a un abandono completo del yo: hacemos cosas por estar cerca de la persona a quien queremos sin importar si eso nos hace daño. Pasamos tiempo con esa persona aunque nos duela y nos obsesionamos con ella. Es del todo comprensible que esto domine tus pensamientos y siento muchísimo que estés pasando por ello.

Creo que sabes lo que tienes que hacer, pero que no estás listo para hacerlo. Prefieres continuar con el dolor y la locura para seguir cerca de ella en lugar de alejarte de una situación que no tiene ninguna solución positiva. Lo entiendo, todos hemos pasado por eso. En un momento u otro, hemos entrado al perfil de Instagram de alguien con tanta frecuencia a lo largo de un día que hasta durmiendo soñamos con esa cuadrícula de fotos. Todos hemos fingido que algo que nos duele en realidad no nos afecta para que alguien siga formando parte de nuestra vida. Puedo darte todos los consejos que quiera, pero la verdad es que solo tú sabrás cuándo la necesidad de salvaguardar tu corazón y tu cordura ha superado tu deseo de seguir teniéndola cerca.

Te diré una verdad que deberías recordarte a ti mismo. Es algo difícil de afrontar, pero que te ayudará a seguir adelante: el hecho de que sea *escort* no es el motivo por el que no puedes estar con ella. Muchas trabajadoras sexuales tienen relaciones estables. El hecho de que haya tenido relaciones abusivas no es el motivo por el que no puedes estar con ella. Muchas supervivientes de violencia doméstica tienen después relaciones sanas. Siento decírtelo de forma tan directa, pero el obstáculo entre tú y la relación con esta mujer es que ella no quiere tener una relación contigo.

Y eso no dice nada de ti como posible pareja. Lo que pasa es que no eres el adecuado para ella. También creo que es complicado empezar una relación igualitaria del todo cuando al principio fuisteis cliente y proveedora de un servicio. Es genial que hayáis podido tener una relación de amistad, pero puede que ella no quiera que sea romántica. Supongo que habrá meditado mucho las normas acerca de tener relaciones con antiguos clientes. Puede que el salto a lo romántico le parezca demasiado grande.

¡Pero en las pelis siempre lo consiguen! Sí, lo sé. Richard Gere y Julia Roberts vivieron felices para siempre en *Pretty Woman*. *La vecina de al lado* tenía un final romántico. Y *Moulin Rouge* habría tenido un final feliz si no hubiese habido un giro trágico (que Ewan McGregor cantase). No obstante, todas estas historias se basaban en la premisa de que la protagonista necesitaba que la «salvasen» de ser trabajadora sexual. Me pregunto si tú crees que esta mujer necesita que la rescaten y que la forma de rescatarla es convertirla en tu pareja. ¿Y si no necesita un salvador? ¿Y si quiere seguir haciendo su trabajo o incluso le gusta? Aunque tu preocupación por su bienestar es válida, parece que no es necesaria. Seguir queriéndola y sentir celos no solo será traumático para ti, sino que es una forma de avergonzarla por quién es y por sus decisiones.

Si te parece que sigues siendo incapaz de alejarte, pregúntate esto: ¿quieres estar con alguien que de verdad quiera estar contigo? Uno de los síntomas de la locura causada por el desamor es que nos convencemos de que ninguna otra conexión será igual y de que nunca querremos a otra persona. Eso no es cierto y solo te darás cuenta de ello cuando cortes por lo sano la amistad y te des un tiempo para recuperarte. Es probable que ese proceso se alargue un poco, pero pronto verás que, aunque tu amor por esta mujer en concreto es único, su magnitud no lo es. Puedes volver a querer, con la misma intensidad y con todo tu corazón. Y también puede ser más simple, doler menos. A riesgo de parecer sentimental, eres la persona cuyo bienestar debería preocuparte más ahora mismo. Eres el único con el que sabes que tienes un futuro largo y seguro. Esa es una relación en la que vale la pena invertir, así que lo mejor es que te salves a ti mismo.

Querida Dolly: ¿Cómo puedo recuperar la chispa de mi relación a los sesenta años?

Mi pareja y yo llevamos juntos diez años. Los dos tenemos más de sesenta años (él, casi setenta) y nos lo pasamos muy bien bebiendo vino, saliendo a comer, quedando con amigos y viajando. El sexo era frecuente, divertido y excitante. Muchas veces lo hacíamos por lo menos tres veces a la semana, pero ahora tenemos suerte si nos acostamos una vez a la semana y yo suelo ser la que lo instiga. Él ha mencionado la disfunción eréctil y creo que tiene problemas por la edad. Sin embargo, hace poco lo descubrí (sin querer) viendo porno y estaba claro que no tenía ningún problema con eso... Me sentí bastante rechazada, porque soy una pareja sexual más que capaz y dispuesta. ¿Qué puedo hacer para volver a encender la chispa de nuestra relación?

Antes de empezar, quiero pedirles a todas las personas de los condados de alrededor de Londres que están leyendo esto mientras desayunan que se aseguren de haber masticado y tragado lo que sea que estén comiendo. No vayan a atragantarse con la tostada, que no quiero la sangre de todo Berkshire en mis manos. Vale. ¿Ya? Genial. Vamos allá.

Entiendo por qué la situación puede alarmarte o hacerte sentir que hay un rechazo hacia ti como pareja romántica, pero no creo que debas sentirte así. No creo que tenga nada que ver contigo y no creo que tenga por qué indicar que hay problemas en vuestra relación. La sexualidad humana se divide en dos: la parte que es para nosotros y la que compartimos con otra persona u otras personas. Tener una relación con tu cuerpo es algo positivo, saber lo que te gusta y ser capaz de hacerlo sin depender de nadie está muy bien. Está claro que, cuanto más se unan nuestra sexualidad autónoma y nuestra sexualidad colaborativa, mejor. No hay nada mejor para la intimidad en el sexo que poder invitar a alguien a entrar en tus fantasías y deseos más privados, pero creo que todo el mundo, sea cual sea su edad o estado civil, tiene derecho a tener una relación con su propia sexualidad que puede ser perfectamente privada. Era algo que existía antes de que os conocierais y seguirá existiendo si algún día tú te vas. No creo que sea algo raro. Espero que tú también tengas una relación con tu cuerpo y tu sexualidad de la que él no forme parte.

Digo lo siguiente con cautela, porque está claro que no hay un estándar de la «normalidad» en el apetito sexual y no quiero que sientas ninguna vergüenza por tu voracidad (me encanta, amiga), pero lo cierto es que creo que acostarse una vez a la semana después de diez años juntos no está nada mal. Si te sientes insatisfecha, es algo que vale la pena hablar, pero si te preocupa que la química esté desapareciendo, yo no me estresaría.

Me sorprendería que la disfunción eréctil y su edad no fueran los factores principales de que él inicie cada vez menos las relaciones. Me acuerdo de que oí una entrevista en la que un hombre con disfunción eréctil decía que sentía que era «un romántico que no puede hacer el amor» y me pareció tristísimo. Que el cuerpo cambie y tener dificultades por ello en el sexo no es un problema solo masculino, está claro, pero debe de tener un gran impacto en la identidad de un hombre. Y más si, hasta ahora, vuestra relación había sido tan apasionada como dices. Estoy segura de que tiene miedo de decepcionarte o de que no lo veas como un hombre vital y viril. Si es así, la disminución de vuestra vida sexual no es un reflejo de vuestra relación, sino de una desconexión con él mismo. Puede que eso no impida que vea porno, porque no tiene una relación emocional con las mujeres que aparecen en pantalla. No sentirá que las está decepcionando si no puede «rendir».

No quiero que te culpes a ti misma por nada. Desde luego, no te corresponde a ti encontrar esa «chispa» que lo rehúye y devolverla a vuestra relación. No creo que sea eso lo que falte. Lo que falta es comunicación. Si hablas con él sobre el tema y lo haces sentir lo bastante seguro para ser sincero contigo, estoy segura de que podréis encontrar la forma de devolver vuestra vida sexual a una situación en la que tú te sientas segura y satisfecha. Puede ser tan simple como que necesite atención médica. O...

Que todo el mundo mastique y se trague el bocado de tostada. ¿Ya? O puede que tengáis que buscar con más frecuencia otras formas de intimidad y contacto físico que no sean la penetración. O podríais intentar ver porno juntos y encontrar algo que os guste a los dos, para que él pueda invitarte a formar parte de sus rituales sexuales y sea algo que disfrutéis los dos. (Aunque puede que eso no te guste, en cuyo caso, ignora la sugerencia. Hazlo solo si te excita la idea.)

Sea cual sea la solución, solo llegaréis a ella hablando. Sé que puede parecer abrumador o terriblemente incómodo, pero creo que sentirás un gran alivio después de una conversación sobre en qué situación os encontráis cada uno. Parece que sois una pareja que comparte mucha intimidad y conexión. Si es así, deberíais aprovechar la capacidad que tenéis de hablar con el otro de cualquier cosa.

Querida Dolly: Me estoy viendo con un hombre casado y la idea de que me quiera solo para el sexo me hace sentir que no valgo nada

Llevo dieciocho meses viéndome con un hombre casado. Acepto que quiere a su mujer e hijos (que tienen la misma edad que yo) y no le pido amor, pero la idea de que me quiera solo para el sexo me hace sentir que no valgo nada. No quiero perder a un hombre que me importa tanto, pero no es justo que él pueda jugar a la familia feliz mientras yo tengo que representar el papel estoico de la otra. ¿Cómo sé cuándo ha llegado el momento de terminar la relación?

Tienes razón, es injusto. Es injusto que el hombre al que quieres pueda disfrutar de la estabilidad del matrimonio y la familia y, a la vez, de la emoción de una relación sexual secreta, mientras que una mujer es traicionada y la otra siente que no vale nada. Eso no pasa por casualidad. Hay un motivo por el que hay tantas aventuras entre un hombre de mediana edad y una mujer de veintitantos. No sé si te quiere solo para el sexo, puede que sienta algo muy potente por ti. Lo que sí sé es que es probable que estar cerca de ti lo haga sentir joven, interesante, deseado e importante. En un futuro, no sabrás nada de él o no lo querrás y, aunque pueda resultarte muy difícil de imaginar, no estarás triste. Solo muy enfadada.

Al leer tu consulta, lo que me ha parecido más alarmante no ha sido que tengas una relación con un hombre casado, sino que pareces pensar que no mereces amor. Sabemos que las aventuras no suelen terminar bien y pueden hacer un daño cataclísmico cuyas réplicas suelen afectar a muchas personas. Entonces, ¿por qué tantos las tienen? Y en especial, en este caso, cuando no le pides que te quiera.

Siempre se dice que la infidelidad no es el problema del matrimonio, sino una señal de que hay otras cosas que no funcionan. Creo que se podría decir algo parecido de las personas solteras que deciden tener aventuras con alguien casado. La atracción es, sin duda, un motivo evidente, pero yo diría que la aventura es síntoma de que algo no funciona en la relación que tienes contigo misma. A todo el mundo nos gustan personas que no podemos tener —ya sea porque esa persona tiene una relación o porque la tenemos nosotros—, pero solo algunos deciden pasar a la acción. Es demasiado simplista creer que el motivo es la falta de moral, sobre todo porque la mayoría de las personas que conozco que han tenido aventuras largas en ningún momento entienden cómo han sido capaces de hacerlo.

Puede que pienses que no pueden quererte como

quieren a otras mujeres —de forma plena, sincera y respetuosa—, por lo que te conformas con un afecto a escondidas y a medias. Cuando entrevisté a la escritora Marian Keyes, me dijo sobre las relaciones tumultuosas que tuvo a los veintitantos: «Creaba falsas emociones para distraerme del dolor de ser yo». Es algo en lo que no dejo de pensar. Puede que te hayas metido en una situación dramática y de las que hacen enloquecer para evitar enfrentarte a otros problemas. Si es así, quedarte soltera del todo supondrá tener que trabajártelos y sé que eso da mucho miedo, pero te hará libre.

Sobre lo del momento adecuado para terminar la aventura, ya sabes la respuesta. Esta nunca será una relación en la que pienses más adelante y desees que hubiese durado más. No me gusta nada decirte esto porque va a sonar muy moralista —te prometo de verdad que no te estoy juzgando—, pero es importante que sepas que esta experiencia te acompañará en el futuro. Cuando rompas con él, no dejarás la aventura en el pasado para no volver a pensar en ella nunca más. Lo sé porque he tenido varias conversaciones con mujeres que han tenido aventuras entre los veinte y los treinta años con hombres casados. A todas, en algún momento cuando ya habían cumplido los treinta o los cuarenta, las ha atormentado la aventura.

Pensarás en ella cuando tengas tu próxima relación seria y duradera. Pensarás en ella en la boda de tu mejor amiga. Pensarás en ella cuando tu sobrina o tu ahijada tenga tu edad. Pensarás en ella cuando tú tengas la edad de su mujer. No pasa nada, todo el mundo se equivoca y todo el mundo tiene remordimientos (yo no me fío de nadie que no los tenga; lo siento, Edith Piaf y Robbie Williams), pero, en este momento de reflexión, tienes la oportunidad de marcharte. Tienes la opción clara de hacerte la vida más fácil en el futuro.

Yo no puedo ser la que te dé permiso para continuar con la aventura ni la que te diga que tienes que terminarla. Eso solo puedes decidirlo tú. Siempre pasa un tiempo entre que sabes justo lo que tienes que hacer y encuentras la fuerza y la valentía para hacerlo. Creo que ahora mismo estás en ese lapso. Espero que llegues al otro lado pronto. Él no puede acompañarte, pero allí encontrarás paz, integridad y verdad. Y amor, si es lo que quieres.

Querida Dolly: Mi novio desde hace tres años y yo apenas lo hacemos

Llevo con mi novio casi tres años y apenas lo hacemos. Yo tengo veintitrés años y él veinticinco y tiene muy poca libido. Yo intento ponerle chispa a la relación, pero, las veces que nos acostamos, son cinco minutos en el mejor de los casos y parece que a él no le preocupa esforzarse por complacerme. Le pregunto si es por mí y dice que no es nada y que yo quiero hacerlo a todas horas (una vez a la semana tampoco me parece de obsesa). Hace un mes que no lo hacemos y no sé cómo sacar el tema sin sentirme culpable o una depredadora sexual. No quiero dejarlo con él, pero que nuestra vida sexual ya se haya secado me parece un problema enorme. ¿Tú qué harías?

Un día, una amiga con poca libido me contó una historia que no se me ha olvidado. Su novio, un hombre muy bienintencionado, tenía una técnica de preseducción que consistía en encender incienso y untarse de una gruesa capa de crema Nivea. Me dijo que el aroma del incienso y el tacto de su mejilla lubricadísima («como gelatina fría») la avisaba de que tenía que ponerse cachonda. Y otra amiga con mucha libido me contó una historia que me atormenta de forma similar: durante sus incontables intentos fallidos de seducir a su novio a lo largo de incontables meses, él una vez usó la excusa de que tenía que limpiarle la cal a la tetera eléctrica y era muy urgente.

Es horrible sentirse presionado para tener que acostarte con alguien a quien quieres. Y es horrible sentir que tienes que mendigar sexo de alguien a quien quieres y no tiene ganas de hacerlo. Es horrible para todo el mundo. Nadie en tu situación actual tiene o deja de tener la razón: ni tú eres una acosadora ni él es un mojigato. Ni tú eres una pervertida descontrolada ni él es aburrido ni un acomodado. El problema es que vuestra sexualidad es incompatible. ¡Es algo que pasa! Y es una mierda. Lo siento mucho.

Mi madre tiene la teoría de que toda pareja puede tener tres tipos de conexión diferentes: espiritual, intelectual y física. Dice que, si te tocan dos de los tres, has tenido suerte. Y yo estoy de acuerdo. Uno no es suficiente a largo plazo para la mayoría y tener tres de tres es excepcional, un milagro sin parangón demasiado abrumador para soportarlo. (Yo lo viví una vez. Me alegro de que no terminásemos juntos, porque nos habríamos encerrado en una casa, habríamos tirado las llaves por el váter y nunca más habríamos salido de allí.)

Lo que puede que os ocurra es que no estéis conectando físicamente. Ese factor de tres no os funciona. Y lo que lo vuelve complicado es que, aunque puede que tengáis las otras dos conexiones intactas, la conexión física que os falta es la que a ti te importa más que a él. Es una ausencia que no puedes ignorar (ni deberías). La sexualidad es mucho más que una forma de conectar con nuestra pareja: puede ser una forma de conectar con nosotros mismos y explorar quiénes somos, puede ser una forma de relajarnos y de dejar ir o subvertir lo que somos en nuestra vida no sexual. Está claro que para ti es importante y en serio te digo que no deberías avergonzarte ni una pizca por ello.

Sería fácil adoptar el vocabulario de las revistas para mujeres de los ochenta y darte consejos sobre cómo «recuperar la chispa» (y la verdad es que llevo veintitantas consultas esperando que llegue el momento), pero, por el bien de todo el mundo, resistiré las ganas de hacerlo. Para empezar, parece que ya has intentado hablar con él del tema y no has tenido mucho éxito. Además, creo que es fácil sobrevalorar el poder de la parafernalia y los trucos cuando se trata de discrepancias en la libido. Un *plug* anal es un *plug* anal, no puede cambiar la libido de nadie. También podría empezar a sugerirte todo tipo de teorías sobre sus complejos sexuales o sobre que la vergüenza podría estar inhibiéndolo, pero creo que eso es darle demasiadas vueltas. A algunas personas no las motiva el sexo y no pasa nada.

No obstante, los dos os merecéis relaciones en las que os sintáis cómodos. Deberíais liberaros de estas presiones opuestas y, así, evitar todo resentimiento futuro innecesario. Sé que es fácil para mí decirte que dejes la relación cuando no estoy en tu situación, y sé lo doloroso y frustrante que será dejarlo con alguien con quien, por lo demás, eres tan compatible, pero una vida sexual llena de conexión, segura, íntima y desinhibida con una pareja que piense como tú es uno de los mejores obsequios que vienen en la bolsita de bienvenida a la experiencia humana. No es algo que tenga que parecernos inalcanzable. Y todavía menos a los veintitrés años.

Querida Dolly: ¿Cuánto tiempo es demasiado sin tener relaciones sexuales?

¿Cuánto tiempo es demasiado sin tener relaciones sexuales? Salí de mi matrimonio hace ocho años y puedo contar con los dedos de una mano las veces que he tenido relaciones sexuales desde entonces. Tengo casi cuarenta y siete años y una gran parte de mi vida se ha convertido ahora en mi etapa célibe, *que podría ser autoimpuesta y provocada por el miedo. Me preocupa haberme vuelto asexuada y no volver a tener relaciones nunca más. También me preocupa que no tener confianza sexual en mí misma sea parte de lo que me quita las ganas. No es que no sea atractiva, pero lo cierto es que me dan miedo la intimidad y el rechazo. ¿Estoy jodida?*

Hay muchos motivos diferentes para el celibato y la mayoría entran en una de estas tres categorías: intencionado, circunstancial y accidental. El intencionado es el mejor y el menos frecuente: se pueden observar sus beneficios en los ojos de sus defensores, vestidos con hábitos de paño. O en los capítulos de las autobiografías de personas de éxito en los que describen los años más productivos de su vida y afirman: «En aquella época, no salía con nadie». El celibato circunstancial es menos divertido. El mal de amores, la tristeza, la enfermedad, el agotamiento, la medicación, los hijos... Todos estos son motivos válidos por los que el sexo se convierte en una prioridad menos urgente o por los que se aparca del todo. La abstinencia accidental —cuando quieres tener relaciones, pero no encuentras el modo— es la más durilla. Parece que tú has vivido una mezcla de las dos últimas.

Durante varias fases del confinamiento de este último año, he hablado con muchas personas solteras que se han visto abocadas a una etapa de celibato accidental, lo cual las ha llevado a la desesperación. He pensado mucho en por qué ha sido así y creo que es porque nos recuerda a la adolescencia. Para la mayoría de la gente, el celibato accidental es uno de los recuerdos predominantes de la vida como adolescentes: una combinación frustrante de no tener relaciones y estar pensando en el sexo a todas horas. Obsesionarse con él, tenerle pánico, buscar en Google cómo funciona, preguntarse si algún día encontrarán a alguien que quiera hacerlo con ellos. Si una persona se ha sentido muy poco atractiva o se ha sentido rechazada en la adolescencia, una ausencia larga de sexo en la vida adulta puede reabrir esa vieja herida, por más que la haya curado durante el tiempo que ha pasado. Puede parecerle que, de pronto, vuelve a estar entre las paredes (seguramente) lilas o verdes lima del dormitorio de su infancia y regresa a un estado de inexperiencia e inseguridad.

Pero ya no te falta experiencia. No te falta capacidad. Si sientes que estás lista para acostarte con alguien, es que estás lista. Puede dar algo de miedo, pero eso es solo porque lo piensas como una idea abstracta con una persona imaginaria. En cuanto conectes con alguien que te guste de verdad, la intimidad no te parecerá tan abrumadora. Pero no vas a llegar a ese punto si sigues diciéndote que eres una persona asexuada o que la falta de sexo de estos últimos ocho años es rara o un signo de fracaso.

Porque tu pregunta de cuánto tiempo sin relaciones es demasiado no tiene una respuesta correcta. Conozco a personas sanísimas para quienes unos pocos días es demasiado. Y conozco a otras que hace años que no piensan en el sexo y están la mar de felices. La cantidad de relaciones que tengas no tiene ninguna relación con lo deseable o sexual que seas, solo es indicativa de tus elecciones o circunstancias. Que te hayas acostado con pocas personas durante los primeros diez años después de divorciarte no es tan sorprendente como crees. La promiscuidad puede ser una medicina efectiva para el mal de amores de algunas personas, pero parece que tú ya te has autodiagnosticado y has decidido que no estás entre ellas. Eso demuestra que eres alguien que escucha su cuerpo (sexi), que tiene un concepto firme de sí misma (sexi) y que se respeta a sí misma (también sexi).

Y tampoco te ofusques mucho con la idea de tener «confianza sexual». A ver, ¿qué es eso? Otra cosa que las leyes de la heteronormatividad nos han dicho que quieren los hombres, pero es mentira, igual que ser distante (los confunde) y desayunar en la cama (demasiado engorro). La verdadera confianza sexual no es ir por ahí demostrando que estás cachonda, tener mil fetiches, ser una folladora prolífica o llevar uno de esos vestidos rojos cortados al bies que les ponen a los personajes de los culebrones para que parezcan un poco guarrillas. La confianza sexual es saber lo que quieres de una pareja y no tener vergüenza de buscarlo. Es comprender tu cuerpo y sentirte cómoda con él. Es saber que te mereces sentirte muy bien. Esto es algo que puedes encontrar tú sola y no tiene nada que ver con el número de polvos que eches.

Así que no, no estás jodida, en ninguno de los dos sentidos. Pero te espera una buena jodienda, si quieres. Tu lado sexual no está oxidado ni jubilado, ni siquiera está de año sabático. Tu sexualidad está ahí, en tu cuerpo y tu alma, en este mismo momento. Vivita y coleando. No necesitas que nadie la active ni lo has necesitado nunca. Solo tú puedes decidir cuándo la compartes con otra persona: sabrás cuándo y cómo. Y será facilísimo.

RUPTURAS Y EX

Querida Dolly: Tengo un buen novio, pero no soy feliz. ¿Cómo puedo dejarlo?

Llevo tres años con mi novio, que es bueno y me cuida. Lo quiero, pero hace mucho tiempo que sé, en el fondo, que no soy feliz. A menudo me sorprendo soñando con una vida diferente. El problema es que no encuentro el valor para dejarlo. Nunca he roto con nadie y me preocupa qué hará él, dónde vivirá, cómo se lo diremos a sus padres y qué pensarán de mí. Me gustaría que hubiésemos sido buenos amigos en lugar de pareja y no soporto la idea de que deje de formar parte de mi vida. Estoy paralizada por la culpa y el autodesprecio. ¿Cómo lo arreglo?

Uf. Qué mal. Lo siento. Algunos de los momentos más angustiosos de mi vida han sido cuando sabía que tenía que salir de una relación y sentía que no podía. No entiendo a la gente a la que parece que le resulta tan fácil. Siempre me ha parecido mucho peor ser la que rompe el corazón que ser a la que se lo rompen. Que te rompan el corazón es intenso y duele y puede hacerte sentir como un animal herido, pero lo importante es que tienes un objetivo. Es un dolor que acaba pasando. Me parece que, cuando te rompen el corazón, sueles acabar convirtiendo el dolor en otra cosa, algo productivo o nuevo. En un cambio de vida, una epifanía, una mayor fuerza interna, un corte de pelo muy loco, una aventura con alguien que ha nacido a finales de los noventa. Mientras que la pena que acompaña a la responsabilidad de terminar una relación es un dolor mortecino, pero constante. Todavía me siento culpable por haber roto con alguien hace diez años, alguien que está felizmente casado y tiene dos hijos y me imagino que no piensa en mí para nada.

El motivo por el que te resulta tan difícil no es que seas mala persona. Al contrario, es porque eres empática. El instinto te dice que pienses en los demás y te imagines cómo se sentirán. Si sospechas que será desagradable, querrás hacer todo lo posible para protegerlos. Está muy bien tener esa cualidad, pero no es muy útil en situaciones como esta. Déjame decir una obviedad un segundo: las relaciones solo funcionan si los dos queréis estar juntos. No puedes seguir enamorada por complacer al otro. No puedes seguir con alguien porque no quieres tener una conversación triste. Las conversaciones tristes a veces son el único camino hacia la vida real. Y tenerlas es el verdadero acto de compasión, aunque no nos lo parezca. Lo más respetuoso que podrías darle en este momento a tu novio es la verdad, no cobardía disfrazada de bondad.

He aquí una pregunta que alguien me hizo hace años y que ahora le hago yo a quien piensa que quiere dejar una relación: si pudieras apretar un botón rojo enorme y que todo pasara, ¿lo harías? Si pudieras estar ya fuera de la relación y con una nueva vida, pero sin conversación de ruptura ni reparto de bienes ni ver su pena, ¿apretarías el botón? Si la respuesta es sí, tienes que romper ya con esa persona.

Puede que, durante un tiempo, piense que te odia. O puede que te culpe. Puede que se pase noches y noches delante de una pinta hablando sobre cómo le has destrozado la vida. «Me ha destrozado la vida» es un viejo clásico del que yo tiro cuando me rompen el corazón. Mi éxito preferido de la gramola de las rupturas, la cantinela que tienen que oír mis amigas una y otra vez. La última vez que tuve que superar a alguien, un amigo muy sabio me dijo con cariño: «¿Sabes qué? Nadie tendría que tener el poder de destrozarte la vida al cortar contigo». Tenía razón, claro. Si tienes una relación y crees que tu vida o tu autoestima dependen de que la otra persona te quiera para siempre, algo va mal. Mi vida nunca ha sido una propiedad suya que puedan destrozar, igual que tú no deberías sentir que tú puedes hacer lo mismo con la de tu novio. Además, yo no volvería con ninguno de los hombres que he asegurado que me habían «destrozado la vida» por no querer estar conmigo si me lo pidieran. Todos los clichés sobre las rupturas son ciertos: el tiempo cura las heridas, nadie sabe cuánto durará el duelo y él encontrará el modo de pasar página.

Primero será horrible, luego triste y luego diferente y, al final, serás libre y, después, feliz. Y creo que te pasará tanto a ti como a él. Intento no hacer demasiadas afirmaciones categóricas en este consultorio (sería como el muerto riéndose del degollado), pero, en este caso, parece que tienes que romper con él. Es el momento de ser valiente y sincera. Él volverá a encontrar el amor, igual que tú, y los dos agradeceréis que tomases la decisión de cortar una relación que no funcionaba. Al hacerlo, le estás dejando que encuentre a alguien que de verdad quiera estar con él. Algún día, sabrá que esa fue la verdadera forma de demostrarle tu bondad.

Querida Dolly: Mi primer amor tiene una pareja de su mismo sexo y no puedo dejar de pensar en ello

Mi primer amor fue tremendo, una década de relación intermitente. Él fue el alma gemela más importante de mi vida. Terminamos mal a los veintitantos y, desde entonces, he tenido una relación duradera y soy muy feliz con mi novio actual. Hace unos años, descubrí que ese primer amor está con un hombre y todavía siguen juntos. Siempre he apoyado al colectivo LGTBQ+, pero me dolió mucho. ¿Me quiso de verdad? ¿Siempre se ha sentido así? ¿No pensó que terminaría descubriéndolo y sintiendo estos miedos? Cuando estoy sola, me atormentan y no puedo quitarme de la cabeza un pensamiento egoísta que me anula: ¿encontraré alivio algún día sin tener que entrometerme en su nueva vida?

Las emociones que sentimos pueden ser muchas cosas, pero si algo no son es racionales. Cuando se trata de los sentimientos más crudos, que sean justos no es un factor que los atempere. Y las emociones no deberían controlar nuestros actos, pero puede ser difícil evitarlo. Que te sientas confundida porque tu exnovio esté con otro hombre no es un reflejo de tu apoyo a la comunidad LGTBQ+.

De hecho, no creo que el hecho de que tu ex esté con un hombre sea lo que te confunde. Y no sé si lo que sientes es confusión. Creo que la cuestión es que tu ex está con alguien que a ti te parece opuesto a ti y eso te hace sentir insuficiente. Aunque hubiese terminado con una mujer, es probable que te hubieras centrado en vuestras diferencias para analizar el pasado. Te tomas su relación actual como una crítica al tiempo que estuvisteis juntos y ves esa nueva elección de pareja como una expresión de lo que él pensaba que te faltaba a ti.

Aquí tienes la aburrida verdad, algo que puede que la niebla de tus emociones no te esté dejando ver todavía: la relación actual de tu ex no quita nada de la relación que tuvisteis vosotros. No fue a buscar una relación nueva con el único objetivo de encontrar una versión diferente de ti o alguien que corrigiera lo que tú le diste o le dejaste de dar. No quedó con gente esperando una versión mejorada de ti. Se enamoró de alguien. Y eso no tiene nada que ver contigo.

Creo que la pérdida de una relación y todo lo que hemos construido sobre ella —el vocabulario, el sexo, los recuerdos— nos traumatiza tanto que no somos capaces de hacernos a la idea de que desaparece. Necesitamos tener la seguridad de que va a otro lugar. Puede que por eso nos imaginemos que nuestros ex trasvasan todas esas cosas que hemos construido a su nueva pareja, lo cual hace que sea tan doloroso imaginarnos su nueva vida. Sin embargo, él no está volviendo a vivir vuestra relación con otro actor. Está construyendo un mundo nuevo con otra persona. Uno en el que tienen un vocabulario distinto, un sexo diferente y en el que crean recuerdos nuevos. Quiere a su novio de un modo totalmente diferente al que te quiso a ti; son dos relaciones independientes y él las vive de forma independiente. Hablas de lo feliz que estás con tu novio actual, pero también parece que fuiste muy feliz durante los diez años que estuviste con tu ex. Las dos relaciones estuvieron bien en momentos diferentes de tu vida. Estoy segura de que así es como se siente él respecto a ti.

Hay muchísimas explicaciones posibles sobre su orientación sexual. Puede que siempre supiera que lo atraían los hombres, pero decidiera no contárselo a nadie. Puede que no lo supiera hasta que cortasteis. Puede que no quiera etiquetarse de ninguna manera. Lo único que sabes seguro es que se enamoró de dos personas que son de géneros diferentes. ¿Puedes vivir con eso? ¿O sigues sintiendo que tienes que hablar con él? Yo de ti me lo pensaría bien: asegúrate de estar iniciando una conversación en la que él pueda compartir su experiencia y no exigiéndole respuestas. Ninguna de vuestras relaciones actuales es cosa del otro. Y él no tiene la menor obligación de seguir saliendo con mujeres el resto de su vida para cumplir con la idea que tú tienes de él.

Esos pensamientos no siguen atormentándote porque existan pruebas de que él nunca te quisiera. La prueba más contundente de lo que tuvisteis la tienes en los recuerdos. Aférrate a ellos. Son sagrados y no te mienten.

Hace poco, una amiga recibió un largo mensaje explicativo de un hombre del que llevaba años queriendo saber algo. Lo recibió, hizo una captura de pantalla, me la mandó y lo eliminó con el corazón latiéndole a un ritmo glacial. El discurso preparadísimo que llevábamos desde los veintitantos reescribiendo en bares quedó en nada. Mi amiga siempre había pensado que necesitaba respuestas para pasar página, pero resultó que lo había hecho sola sin darse cuenta. Es probable que ya tengas a tu alcance la paz que buscas.

Querida Dolly: No puedo dejar de mirar las redes sociales de mi ex

Rompí con mi ex hace poco más de un año y no puedo dejar de mirar lo que cuelga en redes sociales. Se hizo Instagram poco después de romper y hace poco empezó a publicar stories. *Y, claro, yo supuse que lo hacía para que le prestara atención. También le miro (a él y a sus amigos) el Facebook/Spotify/Strava... cualquier red social que se te ocurra. ¡Y a menudo! Después, según lo que encuentro, me pongo triste o me invento historias. Por ejemplo, estoy convencida de que está viendo a una chica solo porque él y su mejor amigo han empezado a seguirla no hace mucho en Instagram. ¿Cómo paro este comportamiento absurdo?*

Una vez pasé por una ruptura y, cuando mi ex y yo nos pusimos al día en una conversación lacrimógena unos meses después, le confesé que no había sido capaz de dejar de mirarle el Instagram y el Twitter. Él me dijo que había conseguido «caer» solo unas cuantas veces desde que nos habíamos separado. Le pregunté cómo había conseguido tener tanto autocontrol. «Nada de lo que pueda encontrar en tu perfil va a hacerme sentir bien», me dijo. Su lógica me dio mucha rabia. Me di cuenta de que no era que tuviera más autocontrol que yo, sino más autocompasión. Lo envidiaba.

No hay nada que puedas encontrar en el perfil de un ex que vaya a hacerte sentir bien. Y, aun así, el placer masoquista de echar un vistazo puede volverse una adicción. Hasta en el mejor de los casos te hace sentir fatal: el subidón que hace que te palpite el corazón cuando escribes su alias en el móvil, el suspense mientras se carga la página, la punzada de alivio cuando no encuentras nada interesante, la vergüenza de volver a estar ahí, el eliminar el historial del buscador para no volver a hacerlo, la inevitable vuelta a las viejas costumbres al cabo de unos días.

Y, en el peor de los casos, sientes un pequeño triunfo en medio del dolor cuando encuentras migas de información pública que confirman tus teorías más privadas: ha pasado página, está con otra, no le importo, nunca le he importado, había acertado pensando mal, ja. Aunque, como cualquier milenial veterano sabe a estas alturas, nunca puedes estar seguro de cómo es la vida real de alguien mirando sus redes. Nunca sabrás cómo le va a tu novio creando un perfil forense de conjeturas basadas en comentarios y publicaciones y seguidores.

Tienes que parar este ciclo adictivo y está claro que no puedes sola. Hay algo que puede ayudarte. El botón de bloquear. No lo silencies, no «limites tu uso de las redes». No funcionará. Tienes que bloquearlo. La primera vez que bloqueé a un ex, de pronto sentí una empatía nueva por cualquiera que me hubiera bloqueado a mí. Antes pensaba que era porque me odiaban o porque publicaban cosas que no querían que viera. Solo cuando bloqueé a alguien a quien seguía queriendo me di cuenta: cuando alguien te bloquea no es porque le preocupa que tú entres en su perfil, es porque esa persona está entrando en tu perfil demasiado. En la mayoría de los casos, el bloqueo no es un arma para hacerle daño a alguien, sino una armadura para protegerse.

Vuelvo a remitirme a regañadientes a las sabias palabras de mi ex: nada de lo que puedas encontrar en su perfil va a hacerte sentir bien. Bueno, mentira. Podría subir una foto suya en la que aparezca especialmente poco atractivo, quizá con restos de alguna salsa en la cara y, a ser posible, llorando. El pie de foto diría: «Hola, gente. Momento de sinceridad: desde la ruptura no hago más que pensar en ella. He intentado acostarme con otra, pero el sexo fue malísimo en comparación. La echo de menos todos los días. Mi familia y amigos no me hablan porque piensan que romper fue una estupidez y me dicen: "NUNCA QUERRÁS A NADIE COMO LA QUISISTE A ELLA. ERES TONTO O QUÉ TE PASA??!!". En fin. Todas las noches lloro hasta que me quedo dormido y ni la oscura evasión del sueño es un consuelo, porque sueño con ella todas las noches. Espero que paséis muy buen finde. Un beso».

He esperado esta publicación de todos mis ex y siento decirte que nunca se hará realidad.

Vale, ahora viene la parte dura: él es libre de hacer lo que quiera. Se acostará con otra persona, fracasará en el amor, puede que algún día se case. Es muy probable que todo eso pase. Y no sabes cuándo será.

Puede que pase poco a poco durante los próximos cincuenta años o en los próximos cinco meses, pero lo que es seguro es que su vida continuará sin ti. Enterarte de todo lo que le pasa no va a servirte para tenerlo atado con una cuerda invisible. Ahora ya no puedes controlar nada. Tiene vía libre.

Pero la buena noticia es que tú también. Los dos sois libres. Bloquéalo, corta con el vicio de fisgar y, así, cuando te lleguen todas las noticias, ya lo habrás superado. Ya no te parecerán importantes.

Querida Dolly: Llevo años felizmente casada, pero no supero mi primer amor

Estoy felizmente casada (eso creo) con un hombre maravilloso. Mis elecciones, deseos y sueños son tan importantes como los suyos y me ha animado muchas veces a perseguirlos. Todo y todos me dicen la suerte que tengo de tener a este hombre tan especial con el que llevo tanto compartiendo la vida, pero —y es un pero muy grande— parece que no soy capaz de dejar atrás el pasado.

Hace muchos años me obsesioné con un hombre que fue mi primer amor a primera vista, pero a quien estaba claro que no le gustaba. Recuperamos el contacto hace unos años en un grupo de WhatsApp y ha sido como volver a la casilla de salida. Después de tantos años, me siento igual que entonces.

He vuelto a espantarlo con mis mensajes demasiado entusiastas y hace más de un año que no me responde, pero no puedo dejar de pensar en él. Me siento mal y muy culpable, porque esto no va a llevarme a ninguna parte y lo sé. ¿Tienes algún remedio o sugerencia? Lo que sea. Por favor, ayúdame, me estoy volviendo loca. Nunca me había sentido así. Espero que tengas soluciones a este dilema.

Por favor, ayuda.

A. T.

Uno de los mejores consejos que me han dado nunca es que, cuando intentas olvidarte de alguien, tienes que centrarte en los hechos más que en la idea de quién es esa persona. Cuando se trata del deseo, lo que prende la llama es la percepción (y no la realidad), es decir, lo que representa esa persona para nosotros, lo que nos hemos imaginado que es, lo que pensamos que aportará a nuestras vidas y que ahora no tenemos, la persona en la que creemos que nos convertiremos cuando estemos juntos. Estas imaginaciones pueden convertirse en obsesión y, cuanto más pensamos en ellas, más difícil es trazar la línea entre los mitos de creación propia acerca de esa persona y la cruda y dura realidad. No estoy subestimando el dolor ni la confusión que sientes ahora mismo —estás sufriendo una tortura cruel—, pero creo que distinguir entre la historia que existe entre ese hombre y tú y la historia que has escrito en tu cabeza te ayudará.

Por los datos que me has dado, puede que tengas entre cuarenta y cuarenta y cinco años. Aunque todavía eres joven, sí que estás entrando en la mediana edad. Has empezado la segunda mitad de tu vida, lo que, imagino, puede ser emocionante y vigorizante o descorazonador y agotador o ambas cosas a la vez (como una noche en el National Theatre). No quiero especular sobre una posible crisis, pero tal vez tengas una fijación con un hombre del pasado para no tener que pensar en el futuro. Sin hilar muy fino: puede que la obsesión no trate tanto de él como del miedo a hacerte mayor.

He oído decir que, cuanto más nos alejamos de nuestro primer amor, más pensamos en él. ¿Por qué? El primer amor casi nunca es el mejor: el sexo es torpe, no sabemos quiénes somos cuando somos tan jóvenes, muchas veces no tenemos ni idea de cómo comunicarnos bien, el deseo puede ser abrumador, la ruptura puede parecernos una sentencia de muerte. Creo que la romantización del primer amor aumenta a medida que nos hacemos mayores porque echamos de menos la libertad que sentíamos cuando teníamos esa relación. No había presión para comprometerse, ni facturas que pagar, ni niños que criar, ni idea de lo que nos esperaba, ni cinismo sobre lo que podría salir mal, porque éramos demasiado jóvenes para saber cómo es que algo salga mal de verdad. Puede que lo que desees no sea una relación con ese hombre, sino volver a ser una joven a la que ha alcanzado su primer flechazo en la cantina de estudiantes, con una pinta de Boddingtons en la mano mientras escuchaba *Breakfast at Tiffany's* de Deep Blue Something. (Permíteme esta licencia cinematográfica, he buscado todos los números uno del Reino Unido en 1996.)

Sin embargo, si estuvieras con él ahora, ninguno de los dos sería uno de esos universitarios con los que intentas conectar. No puedes viajar al pasado más de una hora o una noche. Has aprendido y visto y sentido demasiadas cosas como para volver a ocupar la mente de tu yo más joven. Quieres desafiar las leyes de la física y no te funcionará.

Tampoco me parece ninguna coincidencia que estés a punto de celebrar tu vigésimo aniversario con tu pareja. Puede que te preocupe la familiaridad de una relación tan larga, que hayas caído en una rutina o que las cosas se hayan vuelto demasiado predecibles. Me parece que es del todo comprensible. Y tampoco es ninguna coincidencia que el hombre en el que has decidido centrar tu pasión sea uno que no se interesa demasiado por ti y al que no pareces conocer mucho. Una obsesión no correspondida por un hombre relativamente desconocido: no podías haber elegido nada más peligroso ni más alejado de la familiaridad.

Tienes que dejarlo del todo para poder ver las cosas claras. No le escribas, no sueñes despierta con él, no entres a sus redes sociales. Aviso: será como el mono de las drogas. Eso no significa que sea tu amor verdadero, son los químicos que van dejando tu cuerpo, pero tienes que darte algo de espacio y de tiempo para pensar en lo que estás buscando en realidad cuando recurres a esa fantasía. ¿Qué te proporciona alivio y evasión? ¿El romanticismo? ¿La promesa de nuevas aventuras? Porque todas esas cosas pueden conseguirse de formas que no son dejar una relación feliz, que funciona y en la que compartes un pasado profundo y un futuro cierto. Es difícil, incluso puede que sea el mayor reto que plantea querer a alguien toda una vida, pero no es imposible.

Un último consejo: hagas lo que hagas, no mires la serie *Normal People* de la BBC.

Querida Dolly: Tengo miedo de que el sexo con mi ex haya sido el mejor de mi vida

Me encanta el sexo. Me encanta practicarlo y me encanta hablar de él. Una parte de mi vida sexual ha sido genial, la mayoría ha sido bastante normalita y mucha ha sido malísima. Sin embargo, la conexión física que tenía con mi exnovio era —y lo digo aceptando plenamente el cliché— increíble. Lo hacíamos cuatro o cinco veces en una noche cada vez que nos veíamos, incluso cuando llevábamos más de un año juntos. Nunca he sentido algo así. Por desgracia, la relación no funcionó por muchas otras razones. Estoy empezando a volver a tener citas, pero las pocas experiencias que he tenido han sido bastante decepcionantes. Tengo mucho miedo de no volver a vivir el sexo a ese nivel nunca más. ¿Y si el sexo con mi ex fue el mejor de mi vida?

En todas las relaciones nuevas en las que el sexo es especialmente bueno, es difícil imaginar un mundo en el que esa insaciabilidad no durará para siempre. Todas las parejas esclavas de una etapa de luna de miel especialmente febril (que creo que puede llegar a durar dos años) piensan secretamente que han burlado la norma de la monogamia duradera que dice que la energía sexual terminará disminuyendo en algún momento. Nos vemos a nosotros mismos, décadas después, todavía trasnochando cuatro noches por semana por un maratón de sexo. Siendo padres y echando uno rapidito entre risas en los baños públicos de Legoland. Siendo unos jubilados salidos que lo hacen a escondidas en el carrito de golf.

Y, sin embargo, muy pocos consiguen mantener esa intensidad, por muy bueno que sea el sexo y por mucho que se sigan gustando. Para muchas personas, esas ansias de sexo —esa impresión de que vas a morir si no terminas pronto el plan que tienes esta noche y pides un Uber para plantarte en la puerta de casa de esa persona YA MISMO— disminuyen y las sustituye otra cosa. Algo más relajado y dependiente de las fases de la relación. Lo primero que diré para intentar tranquilizarte es que, aunque estoy segura de que vuestra conexión sexual habría seguido teniendo una potencia increíble, lo más probable es que no hubiera seguido siendo tan intensa. Una relación implica que hay dos personas, dos cuerpos, dos cerebros, dos vidas... y mantener una vida sexual tan firme y resuelta mientras avanzabais por la vida y sus ciclos habría sido casi imposible.

Y, si hubierais seguido con ese ritmo, habría parecido más una compulsión que una conexión. Tener adicción a una pareja sexual puede ser divertido, pero no es sano ni sostenible en una relación y estoy segura de que quieres que el sexo sea alegre y no dependiente. Además, no sé si cinco polvos seguidos en una noche te habrían satisfecho a la larga. Te digo por qué: creo que parte de lo divertido del sexo en pareja es crear un catálogo sexual conjunto a lo largo de los años. Por ejemplo, cuando lo hacéis medio dormidos en mitad de la noche y se os olvida hasta que uno de los dos lo menciona al día siguiente, el polvo feroz que surge después de dos semanas a dos velas o el sexo repentino que os sorprende a ambos en el sofá mientras veis *The Crown*. Esa variación hace que sientas de verdad los momentos de intensidad. Además, si lo haces a todas horas, dejarás la farmacia del barrio sin tratamientos para la infección de orina y eso no es justo para las otras mujeres que viven en tu zona.

Yo iría con cuidado con las relaciones en las que el sexo es la forma más importante y sincera de comunicación. El sexo es importante en una relación, claro, pero si dependéis de eso para conectar y no tenéis mucho más, creo que puede daros una falsa sensación de cercanía que, al final, se desmoronará.

Y también te desaconsejaría lo de pensar en términos superlativos. Algo que he aprendido de haber vivido unas cuantas décadas es que ningún superlativo lo será toda tu vida. La vida es larga e impredecible y te queda mucho por vivir. El año que pensaba que había sido el peor de mi vida resultó no serlo. Al día que siempre había dicho que había sido el más feliz lo superó otro. Pensé que había conocido al hombre del que más enamorada había estado hasta que me enamoré de otro. Y ya te digo yo que el mejor sexo de tu vida no es algo que haya quedado en el pasado y yo intentaría no perder demasiado tiempo con ese pensamiento tan fatalista cuando no sabes qué puede pasar en el futuro.

Alégrate de haber tenido una conexión sexual tan increíble con alguien. Da las gracias (al universo, no a él, no le mandes un mensaje dándole las gracias a él) y tómatelo como una muestra para lo que quieres en el futuro. Tu ex no era un superhéroe sexual. Lo que tuvisteis lo creasteis juntos. El buen sexo consiste en gustarse mutuamente, ser comunicativos y abiertos. Eso volverá a pasarte con la persona adecuada.

Querida Dolly: ¿Puedo ser amiga de mi ex?

¿Se puede ser amiga de un ex? Después de siete años juntos, mi ex y yo lo dejamos el año pasado. Él ha sido el mejor amigo que he tenido. Ahora los dos tenemos otra relación y nos estamos esforzando mucho por seguir siendo amigos. Nos vemos una vez por semana, pero me preocupa que, a medida que nuestras respectivas relaciones se vuelvan más serias, nos perdamos. Duele mucho no ser ya la persona más importante de su vida, una sensación que se acrecienta conforme su relación avanza. ¿Lo dejo ir y dejo de verlo hasta que duela menos? ¿Es posible seguir en la vida del otro de alguna forma que valga la pena?

Siempre me han dado envidia las parejas que consiguen ser amigos después de romper. Me parece de lo más chic. Es muy poco común que dos personas dejen los egos de lado, se liberen del resentimiento y, respetándose, consigan convertir una conexión romántica en una amistosa. Conozco a algunos ex que ahora son amigos que dicen que la amistad era a lo que estaban destinados, pero que tenían que pasar por una fase de pareja para llegar hasta ahí. Conozco a otros que dicen que son tan amigos que no se acuerdan de cómo era su conexión sexual o romántica. Hasta conozco a unos ex que ahora son padrinos de los hijos del otro, te lo juro. Como Hugh Grant y Liz Hurley, pero sin el escándalo sexual.

Creo que la mayoría de la gente tiene por lo menos un ex con el que desearía haber encontrado el modo de seguir siendo amigos, una persona a la que tiene ganas de llamar con buenas o malas noticias o cuando se acuerda de una broma interna. Hace diez años ya, y todavía hay un exnovio al que quiero llamar cuando escucho ciertos discos o voy a ciertos lugares. Ese tipo de ex puede rondarte la cabeza casi tanto como los otros, los que solo quieres ver nombrados en la sección de necrológicas.

Es poco común que los ex se conviertan en mejores amigos a la larga, y con razón. Aunque lo consigáis —logréis repartir los bienes, no tener rencores, no emborracharos y echar un polvo nostálgico—, eso es solo la mitad del trabajo. Tendréis que explicar la amistad a vuestras respectivas parejas y conseguir que se sientan cómodos con ella. Por lo que he vivido, ese es el mayor obstáculo para tener una amistad duradera con un ex.

No me parece exagerado que la pareja actual de alguien no esté encantada de que su pareja quede cada semana con una persona con la que estuvo siete años. Y no creo que la incomodidad se dé por celos o porque se sienta amenazada por que todavía exista la posibilidad de que volváis.

Creo que es algo relacionado con la ocupación del espacio íntimo. Si estás en pareja con alguien, se supone que eres la persona con la que más tiempo tiene que pasar, la que mejor la conoce y que conoce todos los aspectos de su vida. Ese será un papel imposible de cumplir para la novia actual o futura de tu ex si tú sigues formando parte de su vida con tanta asiduidad. ¿Cómo puede ponerse al día de los siete años que estuvisteis juntos tan deprisa? ¿Cómo puede coger tanta confianza como tienes tú con sus amigos y su familia y descubrirlo todo sobre él?

Que lo que más te preocupe sea «no ser ya la persona más importante de su vida» es muy revelador. Me pregunto si lo que te duele es haber perdido eso y no una posible amistad con él. Puedes seguir viéndolo y los dos podéis formar parte de la vida del otro de forma más relajada, que os deje a ambos espacio para un nuevo amor, pero tal vez lo que te da miedo es dejar ir por completo la relación que teníais.

La verdad es que, durante los últimos siete años, no fue tu mejor amigo: fue tu novio. Y, cuando le quitas ese cargo y sus obligaciones, cuando ya no eres la persona con la que se despierta y se acuesta, vuestra relación deja de ser tan intensa. No puede ser de otra forma.

Creo que tienes que despedirte de tu antigua relación. Podría ser con una conversación sincera con tu ex en la que decidáis los nuevos límites y un horario menos estricto para vuestros encuentros como amigos. O puede que sea algo que tengas que hacer sola. Con la ayuda de un psicólogo, de tus amistades, de pensar mucho o hasta con un ritual de brujería en el que cortas los vínculos románticos con él. (¡Te veo en la tienda de cristales, al lado de los manojos de salvia!)

Al principio será duro. Puede que sientas la fuerza del duelo tardío de la relación que nunca has llegado a llorar porque has estado en una versión suavizada de esta mientras os desenganchéis del otro. Pero no lo has perdido. Y volverás a ser la persona más importante de la vida de alguien. Con esta nueva persona, seréis aliados, compañeros y medias naranjas, pero no vas a poder vivir nada de eso ni comprometerte si tu ex sigue siendo la persona más importante de tu vida.

Querida Dolly: He pasado por una ruptura y siento como si me hubiesen arrancado el corazón. No puedo soportar el dolor

He pasado por una ruptura y siento como si me hubiesen arrancado el corazón y el resto de los órganos y me los hubiesen vuelto a meter. Tengo veintidós años y esta es la tercera vez que me rompen el corazón, pero es la peor con diferencia. Sé que el dolor depende de lo larga que fuera la relación y de lo mucho que significara para ti, pero ¿la cosa mejora? ¿Tienes algún consejo que darme? Es la primera vez que siento que no puedo soportar el dolor.

Cuando estudiaba periodismo, me dio clases una mujer llamada Marcelle d'Argy Smith. Fue editora de *Cosmopolitan* en los ochenta y es una sabia del amor y las relaciones. En la primera clase, nos contó que una vez había ido a ver a una amiga a quien habían diagnosticado con una enfermedad terminal. «¿Cómo estás?», le preguntó. «No duele tanto como el desamor», respondió su amiga.

De momento, lo más devastador que he aprendido después de los treinta es que lidiar con el mal de amores no se vuelve más fácil. Siento no poder darte una noticia más esperanzadora. Yo tampoco puedo creerlo, pero resulta que no importa a cuánta terapia hayas ido, no importa a cuántas amigas hayas visto cometer errores ni cuántos consejos hayas leído en consultorios (una pérdida de tiempo).

La capacidad que tiene el amor de humillarnos y hacernos tragar el orgullo es perenne y hay algo salvaje y extraordinario en ello. Es una parte de nosotros que nunca envejece y tiene su momento en todas las etapas de la vida: desde la adolescente a la que han dejado hasta la mujer que firma los papeles del divorcio.

Hace poco quedé con una amiga que cumple cincuenta este año, una madre soltera con tres hijas ya mayores. Cada vez que hablamos tiene una historia nueva que contar de una noche de pasión con uno de sus muchos amantes intercambiables. Cuando le pregunto si esas noches podrían llevar a algo más, siempre se ríe y me dice que esa etapa de su vida ya ha pasado, que ha aprendido a pasárselo bien con los hombres sin atarse a ellos. Sin embargo, esta última vez me dijo que acababa de asegurarle a un hombre al que había conocido hacía un mes que eran novios. «No te lo vas a creer —me dijo—. Estoy enamorada perdida.» Es una realidad preciosa y aterradora: igual que nuestra vulnerabilidad ante el mal de amores nunca cambia, tampoco cambia nuestra vulnerabilidad ante el enamoramiento.

Lo único que mejora es que sabes que, al final, el dolor termina. Cuantas más veces lo sientes, más claro tienes que te recuperarás. No puedes saber cuándo será y nunca es como en las películas. No pasarás por un montaje de superación en el que te conviertes en una mujer nueva mientras suena una canción de Alanis Morissette. Sin embargo, un día te despertarás y tu ex no será lo primero en lo que pienses. Dormirás sin soñar y sin que se te aparezca su cara. Te fijarás en la luz matutina que se cuela por la ventana y te acordarás de lo bien que estabas antes de conocer a esa persona, una sensación que, sin duda, volverá. El mal de amores es como un atasco interno: durante un tiempo, no tienes adónde ir en ese embotellamiento de pensamientos. Luego, se libera un pequeño espacio sin que te des cuenta y, por fin, puedes sentir otra cosa.

Hasta entonces tienes que distraerte todo lo posible. Y, cuando la distracción no sea suficiente, cuando estés llorando en el metro mientras escuchas ese puto disco de Lana del Rey, piensa que estás procesando las cosas. Puede que te parezca que estás perdiendo semanas de tu vida en un dolor absurdo, pero no. Estás superándolo. Estás avanzando hacia el otro lado.

Una vez me rompieron el corazón —de esas veces que parece que te lo rompen con un martillo— y salí a tomar algo con una amiga de cuarenta y tantos que está felizmente casada y tiene una criatura. Vertí mis lágrimas en una copa de vino y le dije que quería dormir hasta que todo aquello hubiera terminado. Ella me cogió por los hombros y me dijo: «Algún día, te acordarás de esto y pensarás: "Nunca he estado más viva"».

No quiero romantizar el dolor que sientes, pero ahora entiendo a la perfección lo que quería decir. El duelo es una descarga eléctrica que nos dice que estamos muy vivos. Significa que estamos conectando y creando y que nos importan las cosas. Estamos participando, estamos aprovechando al máximo este viaje tan corto, nos estamos abriendo y arriesgando y entrelazando nuestra vida con la de otras personas.

La próxima vez que sientas que se resquebraja un poco más ese corazón roto, tómatelo como una especie de privilegio extraño. La magnitud de la pérdida refleja la magnitud de tu amor. No te sentirás siempre así, te lo aseguro, y lo que quedará será el asombro de haber querido tanto a alguien. Estás viviendo algo que te suavizará y te endurecerá a la vez, que te dará fuerza y te permitirá ser débil. Has querido a alguien y eso te ha cambiado. ¿No es una suerte?

CUERPO Y ALMA

Querida Dolly: Tengo diecinueve años y no tengo ninguna seguridad respecto a mi aspecto

Tengo diecinueve años y no tengo ninguna seguridad respecto a mi aspecto físico. Soy muy extrovertida, se me da bien hacer amigos y estoy feliz con mi vida universitaria, pero no puedo quitarme la sensación de que a menudo me siento la más fea del lugar. Creo que lo peor es saber que, por lo general, es algo que tengo yo en la cabeza y, aun así, no ser capaz de sentirme de otro modo. No soporto salir en las fotos y no puedo salir de casa sin maquillaje. Tampoco he tenido nunca novio y, aunque sé que dirás que tendré tiempo de sobra para eso más adelante, a veces miro a mi mejor amiga, que es preciosa y está a punto de empezar su tercera relación (más o menos) seria y me pregunto si las cosas me irían de otra forma si me sintiera validada por una relación romántica. ¿Puedes darme algún consejo sobre cómo conseguir que me importe menos mi aspecto?

Lo primero y más importante: que te preocupe tu aspecto no tendría que avergonzarte. Te entiendo, es frustrante y desalentador. No hay ni una mujer sobre la faz de la tierra, ahora practicando su ritual matutino de los domingos de quitarse los pelos de la barbilla con unas pinzas o de pesarse descalza, a la que no le gustaría que no le importase. Pero nos importa, claro. Vivimos en una sociedad que nos lleva diciendo, desde el día en que nacimos, que nuestro aspecto es nuestra mercancía más valiosa. Ya es lo bastante difícil procesar eso sin reñirnos a nosotras mismas por ser superficiales o antifeministas porque no nos levantamos de la cama de un salto, nos agarramos la barriga y bailamos felices como si estuviéramos en un anuncio de Special K.

La definición de belleza nunca es tan prescriptiva como antes de llegar a los veinte. Cuando yo tenía diecinueve años, la palabra *belleza* equivalía a Sienna Miller. Hacíamos todo lo posible para parecernos a ella (y muchas de nosotras todavía tenemos los botines mocasín con flecos que lo demuestran). Una de las muchas ventajas de hacerse mayor es que desarrollamos un estilo personal a medida que entendemos mejor nuestras caras y nuestros cuerpos. Y, al mismo tiempo, empiezan a ponernos personas que no se parecen en nada a quienes nos gustaban en la adolescencia. Es —y no puedo enfatizarlo lo suficiente— una alegría absoluta. El atractivo se diversifica muy deprisa al entrar en la edad adulta. El vello corporal, las canas, la calvicie, las cicatrices, los pendientes y las pecas son solo algunas de las cosas que verás que te gustan como parte del conjunto que forma una persona atractiva. Haber tenido varias relaciones no «demuestra» lo atractivo que es alguien, pero, por favor, ten en cuenta que hay muchas personas a las que no conoces y que no puedes ni imaginarte que se sentirán muy atraídas por ti.

Existen antídotos contra la baja autoestima y cambiar tu apariencia es el menos efectivo de todos. Cualquiera que se haya odiado y haya intentado arreglarlo con una dieta extrema o un vestido caro te dirá lo mismo: los pensamientos siguen ahí. Puede que los acalles un tiempo, pero vuelven. Cambiar lo superficial solo es una solución a corto plazo. La verdadera transformación de la autoestima, el «cambio radical que no podrás creerte, mira el antes y el después», no viene de perfeccionar la apariencia. Viene de forjarte un carácter.

Puedes lograrlo siendo una amiga cariñosa y atenta. O siendo muy graciosa. Obsesionándote con algo, entregándote a ello con pasión y aprendiéndolo todo sobre el tema que hayas elegido. Ayudando a desconocidos cuando no haya nadie delante. Dejando las relaciones cuando no te hagan feliz. Defendiendo una causa que te apasione. Siendo capaz de reírte de ti misma. Desarrollando una ética laboral de la que puedas estar orgullosa. Cuidándote y cuidando tu salud. Con ambición y curiosidad. Sabiendo lo que quieres en el sexo. Aprendiendo cómo se cambia una bombilla, unos plomos o una rueda. Salvando arañas en lugar de pisarlas. Cualquiera de estas cosas te ayudará. Estos pasos pequeños y muy poco emocionantes conforman el sentido de la integridad y el respeto por ti misma. Te ayudan a que el reflejo que ves en el espejo te parezca menos importante. Y lo mejor es que el carácter es mucho más robusto que la apariencia. Hay muchas variables que pueden cambiar nuestro aspecto, pero es mucho más difícil que te quiten el carácter.

Algún día desearás recuperar el tiempo que el autoodio está ocupándote. De todas las personas que me han tratado mal a lo largo de los años, de todas las que me han dicho las cosas más crueles y limitantes, con la que más desearía poder hablar es con mi yo más joven. Ojalá mi yo de diecinueve años hubiera podido recibir una carta de mi yo actual. Así que imagínate que tu yo de dentro de diez años te está mandando un mensaje. Imagínate que te lo manda a través de mí, porque yo sé lo que quiere decirte. Quiere que te diga que nunca serás más joven que ahora, que tienes muchas posibilidades distintas de dejar tu marca en el mundo. Quiere que las hagas todas realidad. Dice que deberías disfrutar de la vitalidad y la libertad de tener diecinueve años. Está mirando una foto tuya de ahora y te juro que piensa que eres perfecta.

Querida Dolly: Mi novia ha dejado de beber y ahora me juzga cuando me tomo una cerveza

Quiero a mi novia, pero siento que tenemos ideas diferentes de «pasarlo bien». Mis grupos sociales giran bastante en torno al alcohol; no es exagerado, pero sí que nos tomamos varias copas los fines de semana. Mi novia antes bebía, pero lo dejó hace unos meses, lo cual me parece bien, pero siento que ha empezado a juzgar mis hábitos y provoca discusiones cuando vuelvo un poco borracho a casa o si me tomo una cerveza para relajarme. No quiero pensar que es aburrida ni dejar de disfrutar de su compañía por su cambio de hábitos, pero empieza a molestarme. ¿Qué hago?

A ver, antes de meterme de lleno en la respuesta, que se sepa que, en líneas generales, estoy de tu parte. Pienso que mucha gente puede vivir tomando alcohol de forma funcional, para relajarse, celebrar algo o evadirse. Y eso no tiene que querer decir que sea siempre con moderación. Creo que en la ingesta saludable de alcohol puede haber espacio para el exceso, a veces la sensación de exceso es justo lo que buscamos en el alcohol. Mientras todo el mundo esté contento y las noches de exceso no tengan una frecuencia excesiva, creo que está bien. Te respondo a la consulta de buena fe y creyéndote cuando dices que tu consumo es recreativo e inofensivo, que no es destructivo ni algo a lo que no puedes resistirte. En ese caso, sí: tu novia está exagerando. Sin embargo, hay muchos motivos por los que ella puede estar respondiendo así que van más allá de que sea una pesada o de que no quiera dejar que te lo pases bien. Cada vez me doy más cuenta de que la función de una consejera sentimental (más allá de ser tristemente moralista con personas a las que no conoce) es empatizar con la persona sobre la que escribe el remitente de las cartas e imaginar su punto de vista. Así que eso haré.

Hablas de la irritación que sientes por su reciente abstinencia y su supuesta actitud moralizadora, pero cuentas poco sobre su camino hacia esa abstinencia. ¿Por qué dejó de beber? ¿Has hablado con ella del tema? ¿Es porque beber tiene un efecto perjudicial en su salud física o mental? ¿Es que no le gustaba cómo se comportaba cuando bebía? ¿Está preocupada por su falta de control cuando bebe? ¿Tiene a alguien cercano con problemas de adicción? Aunque ninguna de estas razones es válida para juzgar tus hábitos con el alcohol ni para exigirte que dejes de beber, son importantes para contextualizar sus comentarios, al parecer, recriminatorios. Puede que te estés centrando en tomarte su abstinencia como un juicio hacia ti en lugar de interesarte por el motivo de esa decisión.

Nuestra casa es el lugar en el que deberíamos sentirnos más seguros y cómodos. Puede que estar en presencia del alcohol o de algo relacionado con él le provoque ansiedad. Si es el caso, me parecería razonable que fueras comprensivo. Mientras sigue adaptándose a la abstinencia, podrías beber fuera de casa y con otra gente. Sin embargo, existe la posibilidad de que no se trate de una etapa de adaptación corta, sino de que ella ahora quiera una vida y una pareja sin alcohol. No creo que haya nada de malo en eso, pero tampoco creo que sea algo que tenga que pedírsete a ti cuando a ti el alcohol te aporta un gran placer. Parece que es una parte importante de tu vida social y de cómo te relajas y no creo que tengas que avergonzarte por ello.

Lo único que me preocupa es que insinúes que ahora te parece aburrida. ¿Es porque crees que te está juzgando? (Las personas juzgadoras son muy aburridas.) ¿O es porque te parece aburrido que no beba? Si es lo último, o bien tú tienes demasiada dependencia del alcohol, o bien vuestra relación dependía demasiado del alcohol. Deberíais poder pasarlo bien juntos sin poneros pedo, deberíais poder seguir disfrutando de la compañía del otro, mantener conversaciones y hacer cosas juntos los fines de semana sin beber. Si sientes que echas de menos la bebida cuando pasáis tiempo juntos, puede que te vaya bien intentar hacer cosas que no te recuerden el alcohol. No voy a sugerirte actividades porque no hay nada menos excitante que una lista de actividades y no quiero que tu nueva vida sin beber con tu novia parezca el horario de un viaje organizado. Lo que quiero decir es que podéis pasarlo bien juntos de todos modos. Solo que quizás no sea el tipo de diversión al que estabas acostumbrado.

Como siempre, lo más fácil es que hables con ella de forma sincera (ahí tienes el rollo moralista que había anunciado al principio). Es probable que sus juicios sean fruto de un intento de protegerse o del miedo y será mucho más fácil lidiar con ellos si los entiendes un poco mejor. Si la quieres, sin duda, vale la pena que te esfuerces. Y si es una persona razonable, verá que puedes apoyarla en su abstinencia y seguir disfrutando de tu relación personal con el alcohol. De parte de una a la que le gusta empinar el codo a otro: espero que salgáis adelante.

Querida Dolly: Soy lesbiana, pero no dejo de buscar la aprobación de los hombres

Estoy segura al 99,9 por ciento de que soy lesbiana, pero no puedo dejar de buscar la aprobación de los hombres. Hay un tío en el trabajo que me parece bastante repulsivo, pero sé que le gusto y no puedo dejar de seguirle el juego. Es como si tuviera miedo de decir en el trabajo que soy lesbiana porque no sé cómo existir sin ser un posible objeto de la atención masculina. ¿Cómo me deshago de la necesidad de gustarles a todos los hombres en todo momento cuando, además, sé que no siento ningún deseo por ellos?

Si leyeras la mayoría de mis conversaciones de WhatsApp con mujeres, lo que encontrarías es una serie de confesiones que son pequeñas variaciones de tu pregunta. Admisiones de culpa heteronormativa, miedos secretos de no ser tan buenas feministas como creíamos, observaciones de que algunos de los pensamientos que no hemos analizado son patriarcales, lo cual nos decepciona... «Creo que quiero un anillo de compromiso», «echo de menos al guarda de seguridad pervertido que había en el trabajo», «Max Mosley, ultraderechista, sí, pero... ¿atractivo?».

Creo que parte del «trabajo» cognitivo de ser feminista, sea cual sea nuestro género, es examinar los pensamientos instintivos que tenemos sobre el mundo y la humanidad y reflexionar sobre cómo nos han entrado en la cabeza. ¿Los hemos heredado de la generación anterior? ¿Nos los ha inculcado la cultura? ¿Los ha implantado una autoridad? ¿Con cuáles estamos de acuerdo y cuáles contradicen nuestra ética? ¿Con cuáles queremos quedarnos y cuáles queremos cuestionar? Así es como se forma un verdadero sistema de creencias y es importante tener la voluntad de que no deje de evolucionar.

Pero también creo que parte del trabajo de ser personas es perdonarnos cuando nos damos cuenta de que nos han programado para pensar cosas que, al cabo del tiempo, nos damos cuenta de que están mal. Una vez leí que alguien decía que no existen los malos pensamientos, solo las malas acciones. Estás experimentando una disonancia entre cómo quieres comportarte con los hombres y tus impulsos por buscar su atención. Lo importante es que quieres cambiar. Tu pregunta me parece clarividente y autorreflexiva, lo cual ya es tener mucho más trabajo hecho del que tenemos la mayoría.

Me pregunto si tu lugar de trabajo es especialmente misógino o machista. Yo tuve mucha suerte, porque mi primer trabajo fue creativo y en un ambiente muy relajado y progresista. Otras amigas mías fueron directas al mundo empresarial y, cuando nos juntábamos para hablar de trabajo, me daba cuenta de lo diferentes que eran nuestras experiencias en la oficina. Algunas de mis amigas tenían que seguir un código de vestimenta formal, muchas eran minoría en las reuniones y conferencias y a todas, en algún momento, un compañero de trabajo las trató con condescendencia, o las menospreció, o les lanzó una mirada lasciva. Puede que empezar de cero en un ambiente de trabajo nuevo te ayude a estar más cómoda y a sentir que puedes ser tú misma. Nadie debería sentirse obligado a revelar su orientación sexual en el trabajo, pero tampoco debería sentir que tiene que esconderla.

También me pregunto si tu grupo de amigos es en su mayoría hetero y si tienes algún grupo social que no lo sea. Si estás a todas horas con gente heterosexual, puede que eso (sumado a que la cultura por defecto sigue siendo hetero, por desgracia) exacerbe tu instinto de buscar la aprobación de los hombres heterosexuales. Tal vez pasar más tiempo en espacios *queer* te ayude a deshacerte de esa necesidad de ser objeto de la mirada masculina. Quizás conozcas a otras lesbianas que estén viviendo la misma lucha interna que tú y podáis hablar o tal vez simplemente reíros de ello juntas.

La mejor forma de desaprender estas creencias y comportamientos aprendidos es la autoformación. Eso puede consistir en leer literatura feminista o escuchar pódcasts feministas, pero también en conversar. Creo que te iría bien encontrar mujeres que piensen como tú y que estén transitando un camino de crecimiento similar al tuyo y tengan unos pensamientos parecidos. Tal vez puedas buscar un club de lectura feminista o una comunidad de internet en los que se debatan esos temas en un ambiente seguro y comprensivo. Saber que otras mujeres han lidiado con contradicciones personales similares (y te aseguro que es así) puede ser un gran alivio. Y, lo más importante de todo, puede ayudarte a cambiar la dirección de esos pensamientos tan arraigados.

También pienso que deberías tener autocompasión. Las personas estamos llenas de contradicciones y hasta de hipocresía, y evaluarlo es un trabajo que cuesta toda una vida. Y, aunque es muy admirable que seas consciente de las discrepancias que existen dentro de tu identidad, tampoco tienes que sentir presión por politizar todos tus pensamientos y castigarte por ellos. Estoy segura de que hay días en los que hasta a la mujer más leída, bien informada y cañera le gusta que un conductor de autobús descarado le guiñe un ojo o un compañero de trabajo le haga un cumplido. Las mujeres ya acarreamos suficiente vergüenza desde el nacimiento sin cargarnos de más por no ser lo bastante buenas feministas. Lo único que importa es que no te sientas desempoderada en el trabajo. Y que te sientas segura siendo tú misma.

Querida Dolly: Quiero ayudar a mi mejor amiga con su trastorno alimentario, pero sigo luchando contra el mío

Mi mejor amiga me confió hace poco que tenía un trastorno alimentario. Quiero apoyarla todo lo posible como amiga, pero yo también llevó muchos años luchando contra uno. (Ella lo sabe y supongo que por eso me ha buscado a mí.) He notado que, cuando me habla de su problema, desencadena el mío. Me siento muy culpable y mala amiga por no poder ayudarla. ¿Debería aceptar que la amistad puede ser dañina para mi recuperación o es mejor distanciarme del todo? No quiero hacerle daño a nadie.

Siento mucho lo que has pasado. Y admiro muchísimo cuánto estás reflexionando para ayudar a tu mejor amiga mientras te cuidas a ti misma. No eres una mala amiga. Es evidente que eres una persona empática contigo misma y con los demás y ella es afortunada de tenerte.

Es del todo comprensible que el hecho de que tu amiga te hable a ti de su trastorno alimentario te haya afligido, angustiado o te haya hecho sentir vulnerable a una recaída. Has pasado una experiencia traumática y estás en proceso de recuperación, lo cual es una experiencia delicada y profundamente personal. Oír a alguien hablar de los detalles de su trastorno —incluso usar ciertas palabras— puede transportarte al instante a recuerdos que te aterran. Da igual lo mucho que te quiera ella, lo mucho que la quieras tú o lo buenas que sean las intenciones de ambas. Los traumas funcionan así.

Creo que lo que a la gente le cuesta entender a veces es que recuperarse, para muchas personas enfermas, es un trabajo que dura toda la vida. Hasta cuando alguien vive una vida en apariencia feliz y sana, las ansiedades o los pensamientos no suelen haber desaparecido por completo. Siempre tenemos que ir con cuidado con cómo hablamos sobre comida o ejercicio a quienes se están recuperando de trastornos alimentarios, igual que tendríamos que ir con cuidado con el alcohol cuando estamos en compañía de un alcohólico que se está rehabilitando. Nunca puedes saber qué batallas internas sigue lidiando alguien que está en recuperación. Es fácil olvidarlo... Yo, desde luego, me arrepiento de haberlo olvidado en alguna ocasión. Imagino que tu amiga se siente muy perdida y te ve como una inspiración y como una persona con muchos conocimientos y por eso ha decidido confiarte su problema a ti.

Es muy alentador que se haya abierto. Como ya sabrás, otra cosa que la gente a menudo no entiende de los trastornos alimentarios es que a nadie le gusta menos hablar de ellos que a las personas que los sufren. Es un infierno, es algo muy personal y puede provocar muchísima vergüenza. Haces bien en tener en cuenta que su nueva sinceridad contigo debería tratarse con cuidado.

Creo que es muy importante, para ti y para ella, que tengáis una conversación franca lo antes posible. Dile que la quieres, pero que en este momento de tu recuperación no puedes exponerte a los detalles de su trastorno. Dile que le agradeces que haya confiado tanto en ti como para contártelo. Puedes decírselo con palabras que no parezcan acusadoras, prepara algunas ideas antes de la conversación. Comparte con ella los recursos que te han ayudado: grupos de apoyo, organizaciones benéficas o terapia. Si esas cosas no han formado parte de tu recuperación, tal vez podrías hacer una búsqueda rápida en internet (son fáciles de encontrar) para sugerírselas.

También puedes ayudarla a encontrar otro espacio seguro para hablar de su trastorno. Hablad sobre qué otra persona de su vida podría apoyarla y ser de confianza y, además, ser capaz de escuchar sus experiencias. Juntas podéis elegir un confidente adecuado y de fiar.

Una vez oí a Brené Brown hablar de un estudio sobre la empatía. Quien investigaba examinaba a personas con gran empatía para descubrir qué tenían en común. El factor que las unía era que establecían muy bien los límites. Eran personas que sabían cómo protegerse. Sabían cuándo decir que no. Se guardaban la energía emocional para poder volcar tanta paciencia y amor sinceros como fuera posible en los momentos en los que podía ser más útil. Escuchar eso fue una lección muy importante. Las personas que quieren complacer a todo el mundo suelen ser mentirosas, hacen feliz a todo el mundo a su propia costa. Pueden terminar resentidos con aquellos a quienes intentan ayudar y no tener reservas de compasión para sí mismos.

Límite es una de esas palabras de autoayuda que suelen usarse mal y demasiado. Tener límites no significa ser una egocéntrica, significa ser sincera con lo que puedes ofrecer sin sentirte incómoda. Significa cuidarte y respetarte para sobrevivir. Significa tener una intimidad profunda con las personas a las que quieres, porque sois sinceras entre vosotras. Para poder ser la mejor amiga que puedes ser, tienes que cuidarte. Puedes darle tu apoyo y hacer que se sienta querida sin entrar a hablar de su trastorno alimentario. Nunca en la vida debes sentirte culpable por darle prioridad a tu recuperación. Espero que estés bien. Te mando todo mi amor.

Querida Dolly: Cojo unas cogorzas de magnitud bíblica cada vez que bebo

Como miembro de la desafortunada generación que se gradúa en 2020, he decidido olvidarme de la búsqueda de trabajo en favor de mudarme un año a París. Trabajaré de au pair, *intentaré mejorar el francés y espero conocer al cínico* provocateur *galo con camisa a rayas con el que siempre he soñado. Lo que pasa es que mis amigas hace mucho que bromean con que mi objetivo en la vida es ser francesa, pero tengo un largo historial de coger unas cogorzas de magnitud bíblica cada vez que bebo. Nunca lo busco, pero no tolero bien el alcohol. Por lo que tengo entendido, los franceses sienten un gran menosprecio por la cultura del alcohol de los británicos (y por los británicos en general, claro). ¿Cómo consigo disfrutar de una copa de vino en un café sin hacer el ridículo de forma irremediable? Agradeceré toda ayuda para fingir sofisticación francesa.*

Creo que fue Marcel Proust quien escribió: «Cuesta más encontrar a un hombre con tres huevos que a una mujer inglesa en la veintena que no se describa como "francófila"». Qué reconfortante es saber que todas hemos dormido alguna vez con el pelo mojado porque leímos que Caroline de Maigret dijo que así conseguía sus ondas naturales. Qué tremendamente predecible por nuestra parte haber pensado que éramos la primera mujer que tenía una fantasía muy específica con Serge Gainsbourg. Qué adorables somos por haber empezado el año con «Primera resolución: tener un amante» escrito en la libreta y haberlo terminado con un puñado de citas de Tinder fallidas con agentes inmobiliarios. Todas, en algún momento, hemos ido al peluquero para que nos cortaran el pelo a lo Amélie y hemos salido pareciendo más bien Mao Tse-Tung o hemos entrado aferradas a una foto de Jean Seberg y hemos salido con el *look* de Daniel el Travieso. No eres la primera chica que pica y se compra una camiseta a rayas del Primark y un póster de una película de Truffaut, *ma chérie,* ni serás la última.

¿Qué tiene lo francés que nos despierta un deseo tan profundo? ¿Qué tiene lo francés que hace que ser tan ingleses nos dé tanta vergüenza? Creo que lo primero es su sutileza. Coco Chanel les decía a las mujeres que se quitaran un accesorio antes de salir de casa. Nosotros somos la isla del chal decorado con cuentas y las medias algo oscuras para que parezca que tenemos las piernas morenas. Los franceses entienden la belleza de la moderación, la de tomarse una fina loncha de queso con una *baguette,* un cigarro con un café o dejar que los niños beban un vasito de vino en la cena. En cambio, nosotros nos enorgullecemos de ser el hogar del cóctel de sidra y cerveza y de las salchichas rebozadas.

Sospecho que la otra faceta más codiciada de los franceses es su aparente audacia. Nosotros somos un país preocupado por los modales, dado a la incomodidad y angustiado por lo que todo el mundo piense de nosotros, mientras que se dice que ser francés es que te importe todo una mierda. Al parecer, ellos no hablan del tiempo ni del tráfico para llenar los silencios y no tienen miedo de debatir sobre política. Se encogen de hombros en lugar de sonreír incómodos. Se acuestan con quien quieren. Cenan después de las nueve y tienen una despreocupación envidiable ante la indigestión.

Dicho todo esto, la verdad es que no creo que los franceses nos vean con tan malos ojos como nosotros pensamos, esa es una forma muy anticuada de ver el diálogo entre nuestras culturas. Y es probable que sea una sospecha que hemos heredado de nuestros padres, que aprendieron lo que saben sobre los franceses viendo series de la BBC sobre Francia y leyendo libros de británicos que se mudaban allí y, de pronto, se hacían escritores. Estoy segura de que no hace falta que te diga que es probable que la proporción entre patanes y gente sofisticada en la población francesa sea la misma que en la nuestra. Generalizar con el temperamento de un país entero es cerrarse a experiencias y encuentros antes siquiera de llegar allí.

Se me ocurren pocas cosas más vergonzosas que una persona inglesa en París sintiéndose francesísima. Así que, antes de subirte al Eurostar, puede resultarte útil analizar y concretar qué es lo que esperas del próximo año. Piensa en tu idealización parisina y extrapola las cualidades específicas a las que aspiras. La respuesta no será «ser francesa», así, sin más, sino algo que saque a relucir tus inseguridades.

Yo no me preocuparía por lo de beber. Siempre he sido una gran defensora de la borrachera. Parece que ser mesurados sin excepción se ha convertido en una gran virtud y no sé si es por el bien de nuestra felicidad o de nuestra megalomanía. A algunas personas les va muy bien con la moderación, pero no es algo que le funcione a todo el mundo. Otras necesitamos una pizca de exceso. No parece que te arrepientas de cómo te comportas cuando te emborrachas, parece que te preocupa lo que los franceses pensarán de tu borrachera. Mientras no te pongas en peligro y no le hagas daño a nadie, no veo el problema de beber demasiado de vez en cuando. Me preocupa que el puritanismo moderno haga desaparecer a la próxima generación de beodos y libertinos. Y, aunque no te estoy sugiriendo que te subas a la barra del Café de Flore con una chaqueta con botones de perla y cantes *Knees Up Mother Brown* con tu mejor acento *cockney*, sí que creo que le sacarás más partido al viaje siendo tú misma.

Y me temo que tendrás que ser tú misma. Tu verdadero yo terminará encontrándote, estés poniéndote pintalabios rojo en un café de Montmartre u hojeando libros que nunca leerás en Shakespeare and Company. Te cuento algo que todos aprendemos tarde o temprano: tu verdadero yo viaja contigo. Puedes embarcarte en una aventura (por lo cual te aplaudo, todo el mundo habla de mudarse a París en algún momento y tú, con veintiún años, vas a hacerlo), puedes conocer a gente, puedes aprender cosas nuevas sobre el mundo y sobre ti, pero todas tus preocupaciones y rarezas te seguirán por el Canal, así que no esperes que una ciudad te convierta en otra persona. Puedes cambiar de código postal, pero no de ADN. Enfoca el año que viene con una actitud despreocupada y abierta y no con la expectativa de una transformación completa de tu personalidad.

¿Y si París te falla? Bueno, siempre nos quedará Primark.

Querida Dolly: Tras una relación de cinco años, soy incapaz de estar soltera

Soy una mujer de veintitrés años que salió de una relación de cinco años hace seis meses. Tras un breve periodo de duelo, me he pasado los últimos meses de ligue en ligue, usando apps *para tener un puñado de microrrelaciones con hombres, pero acaban apagándose y yo me quedo sintiéndome vacía. Cuando se termina ese sentimiento, siento un ansia casi imparable de volver de cabeza a las* apps *y encontrar a otro, y el ciclo se repite. Soy incapaz de estar soltera. La idea de pasarme los domingos sola me horroriza y, aunque estoy viendo mucho más a mis amigas desde que terminó mi relación, sigo sintiéndome sola y echo de menos compartir la vida con alguien.*

No eres incapaz de estar soltera. Yo no he tenido la experiencia de salir de una relación de cinco años, pero tengo muchas amigas que sí y todas han seguido el mismo patrón: lloran una semana, se hacen un perfil en una *app* para ligar por primera vez y sienten que han salido de un coma, como si hubieran tenido un breve encuentro con la muerte y hubieran resucitado. Empiezan a hablar con unas cuantas personas de forma obsesiva y, cuando quedas con ellas, piden cócteles de tequila en exceso y dicen cosas como: «¡Quiero estar siempre soltera!». Tienen su primera cita, se llevan bien con la persona con la que han salido, el sexo no está mal y, al momento, intentan convertirla en su nueva pareja. No funciona, vuelven a llorar, salen con otra persona y pasa lo mismo. Esto les dura más o menos un año, hasta que una de las personas con las que quedan cede y empiezan a salir. O hasta que deciden comprometerse con la vida de soltera.

Tiene sentido que te apetezca tener pareja. Es lo único que tu cuerpo y tu mente han tenido durante toda tu vida adulta, pero querer algo porque nos resulta familiar no quiere decir que sea lo que mejor nos vendrá. Mi psicóloga usa una expresión que reproduciré en este consultorio sin cobraros nada (porque qué es la terapia sino una forma de reaprovechar el conocimiento clínico de otra persona y hacer como si fuera tuyo): «Lo que te ha traído hasta aquí no te llevará allí». Es decir, tener una relación larga era lo mejor para ti hace seis meses, pero parece que, en este momento, quieres algo diferente para la siguiente etapa de tu vida.

Ahora tengo que ir con cuidado, porque sé que puedo ponerme un poco a lo *Come, reza, ama* cuando hablo de pasar tiempo sola. Y no quiero romantizar en exceso la soltería a largo plazo, porque no es algo que le guste a todo el mundo y tiene sus desafíos. No son todo vacaciones a solas y observar a la gente en las cafeterías y puede que haya exagerado esos aspectos en mis escritos anteriores. (Una mujer me contó una vez que una amiga suya había decidido, inspirada por mis memorias, vivir sola «rodeada de libros y plantas». «Y ni siquiera le gusta leer», me dijo.)

Pero lo que sí te diré es esto: cuando me acercaba a los treinta, decidí aprender a vivir sola. Llevaba toda la vida esquivando el compromiso y decidí, por fin, comprometerme conmigo misma. Fue la mejor decisión que he tomado. Antes estaba obsesionada con el amor romántico y, como tú, no me imaginaba como la vida podría ser estimulante sin él. Desde entonces, no he pasado meses, sino años enteros sin salir con nadie. En los años que me he pasado sin novio, sin heredar sus hábitos y sus gustos, he conseguido comprenderme por completo. Sé justo cómo me gusta pasar los fines de semana (los viernes, fiesta; los sábados, cena; los domingos, cine), lo que siempre necesito en la despensa (pepinillos, Tabasco, mostaza francesa) y a qué hora me gusta acostarme (a las 23.45, con un margen de diez minutos para repasar mis búsquedas guardadas en la *app* de eBay).

Hay muchas partes de mí misma que me llenan de dudas y desprecio —mi inteligencia, mi aspecto, mi desconocimiento de la historia (¿por qué numeran los siglos de forma tan rara?)—, pero mi independencia me proporciona un orgullo enorme. He llegado a la conclusión de que sentir que puedes estar contigo misma, que contigo estás segura y que puedes estar en paz en tu propia compañía es la confianza más grande y más silenciosa que puede sentir una persona.

Permíteme que, para terminar, te diga una extravagancia espiritual: la clave es proyectar tu alma. Piensa en ella como en una amiga o una hermana gemela. Una chica que conoces de toda la vida y que estará contigo hasta tu último día en la tierra. Sí que compartes la vida con alguien. Es tu compañía eterna. Escúchala, aliméntala, rétala. Aprended juntas. Habla con ella en todo momento. Sácala de las situaciones en las que no es feliz y déjate llevar por el placer cuando ella lo desee. Te enamorarás y vivirás la experiencia de tener pareja de nuevo. Y puede que otra vez. Y puede que luego otra y otra más. Y esas relaciones serán mucho mejores cuando sepas que estás eligiendo (y que no necesitas) estar con ellos. Ahora aprende a estar contigo misma. Tu yo del futuro te lo agradecerá.

Agradecimientos

Antes que nada, quiero darles las gracias a todas las personas que han escrito alguna vez a Querida Dolly. El consultorio y este libro no existirían si no fuera por las historias que me confían esas personas desconocidas. Os estoy muy agradecida por vuestra vulnerabilidad y honestidad cuando me escribís.

Gracias a Helen Garnons-Williams, por tu apoyo y tus habilidades a la hora de editar y seleccionar y por tu paciencia. Me ha encantado trabajar juntas. Gracias a Juliet Annan, por decirme que este libro era buena idea. Como suele pasar, tienes razón en todo. Gracias a mi amiga y agente Clare Conville, por todo el trabajo que dedicas a mi carrera y por todo el apoyo que me das.

Gracias a Surian Fletcher-Jones y a China Moo-Young, mis colaboradoras y mentoras, por ayudarme a solucionar problemas en plató y en mi vida personal.

Gracias a Alison Williams y a Roisin Kelly por

toda la ayuda a la hora de reunir esta colección. Gracias a todas mis editoras de la revista *Style* del *The Sunday Times:* Jackie Annesley, Lorraine Candy y Laura Atkinson. Os estoy muy agradecida por las oportunidades que me habéis dado y por todo lo que me habéis enseñado. Todavía no me creo que pueda escribir para mi revista favorita.

Y gracias a mis mejores amigas por los consejos, el vino, las pintas, el vodka, los mensajes de voz, las videollamadas, las semanas de vacaciones, las noches alrededor de una mesa y los días en el sofá. Me ayudáis a encontrar solución para todo. No sé cómo habría sobrevivido a los últimos años sin vosotras.